장(醬)담그는 남자

장(醬) 담그는 남자

南風 박석준 지음

몽트

책을 내면서

지금까지 나는 잘하는 것, 좋아하는 것, 일하는 것이 모두 달랐다. 어릴 땐 수학과 과학을 잘해 이공학 분야가 체질이란 말을 들었다. 시나 소설을 읽고 느낀 감정과 사회를 보는 시각까지 교과서에 맞추는 게 싫어 인문과목을 멀리했다. 그 대신 맘대로 상상하고, 온갖 인불을 만날 수 있는 소설에 빠져 밤을 새우기 일쑤였다. 소설 읽기는 내가 할 수 있는 유일한 여행이었다.

그 때문인지 난 꿈에서 늘 아름다운 숲이 보이는 푸른 바닷가를 헤맸다. 새로운 세상, 다른 세상으로 나가고 싶은 욕망이 꿈으로 나타났는지도 모른다. 그런데도 전자공학을 선택하고, 나에게 맞는 옷을 입는다고 스스로 정당화했다. 내가 잘하는 것이 곧 내가 좋아하는 것인 줄 알았다.

대학에 들어가서도 마음 한구석은 늘 허전했다. 잘하는 공학보다 소설, 역사 같은 인문 분야에 더 관심이 갔다. 가방 속에는 전공 책 대신 문학 잡지, 소설, 역사책이 자리를 차지했다. 그때 전자공학을 때려치우고, 문학이나 역사 쪽으로 방향을 틀었어야 했다.

　현실은 먹고 사는 게 먼저였다. 좋아하는 것을 하며 산다는 것은 엄두도 낼 수 없었다. 남들이 하는 대로 전자공학과 관련된 통신기술 분야를 직업으로 선택했다. 회사에 들어가 맡은 일은 전공 지식이 필요하지 않았다. 새로운 사업을 기획하거나 서비스를 세상에 내놓는 일, 경영구조 개선 같은 일이었다. 먹고 살기 위해 선택한 일조차 내가 좋아하지도, 잘하지도 않는 것이었다. 휴일도 없이 열심히 일하는 것을 자랑하며 살았다.

　회사가 날 버릴 것이라는 생각이 든 사십 후반, 좋아하는 일을 한 가지라도 해야겠다고 마음먹었다. 이렇게 시작한 한문 공부가 끝나갈 오십 초반, 삼십 년 동안 나를 옭아맸던 족쇄가 풀렸다.

　이때부터 그동안 끼적였던 글을 정리하며 글쓰기 공부를 시작했다. 글쓰기가 무엇인지 조금씩 알아 간 지 얼마 지나지 않아 시흥시 신인문학상을 받았다. 상은 나를 세상에 드러낼 수 있도록 용기를 주었지만, 감추고 싶은 은밀한 부분까지 드러내도록 나를 닦달했다.

　앞으로도 공부하며 글을 쓸 것이다. 글이 안 되거나 마음에 들지 않으면, 나중에 다시 꺼내 마음이 움직이는 대로 고쳐 쓰면 그만이다. 멋을 부리지 않아 재미없는 글이라고 해도 따뜻한 마음이 담긴 솔직한 글로 읽혔으면 좋겠다.

　올 정초에 포토 에세이집을 세상에 내놓았다. 사진에 맞는 글을 싣느라 많은 이야기를 담지 못했다. 이 책은 사십 초반부터 써 온 글을 모아 엮었다. 좋아하는 것을 하면서 재밌게 살려고 시작한 작가의 길이 아직은 어설프고 낯설다.

2020년 11월
길마재에서
南風 쓰다

목차

1부. 남쪽 바람은 따뜻해

2부. 달빛을 빨아들이는 집

3부. 길마재에서

1부

남쪽 바람은 따뜻해

난 세상을 삐딱하게 보고, 의심의 눈초리로 바라보는 사람,

순종적이기보다 반항적인 사람이었다.

그러면서 담백하고, 소탈한 사람으로 행동했다.

대신에 잘난 척하고, 권위를 내세우는 사람과

편견이나 선입견에 사로잡혀 자신만 옳다고 하는 사람을

멀리했다.

그래서인지 고추처럼 맵다고 나를 싫어하는 사람도 많았다.

생긴 모양대로 살아가면서도 상대를 배려하고,

따뜻한 마음으로 사람을 대해야 하는 것을

머리가 센 이제야 알았다.

따뜻한 남쪽 바람이 모든 이에게 기쁨을 주는 것처럼.

南風之薰兮 人自懷忻 (남풍지훈혜 인자회흔)

남풍(南風)

사십이 넘어가면서 주변에서 흔히 볼 수 있는 비석이나 현판에 쓰인 한문을 제대로 읽지 못하는 내가 한심하고 부끄러웠다. 우리나라 역사에 관심이 커지면서 생긴 변화였다.

시간이 날 때마다 한문 교육하는 곳을 찾아 인터넷을 뒤졌다. 한문이 업무와 관련도 없고, 일상생활에도 꼭 필요한 것이 아니라서 한참이 지난 후에 판교에 있는 서당을 알아냈다. 그곳을 알고 나서도 평일 저녁 시간 내기가 쉽지 않아 공부하기로 마음먹은 지 몇 해가 지나서야 겨우 입학했다.

삼 년 과정이 끝날 무렵 있었던 졸업 여행에서 사서를 두 해 가르친 훈장 어른은 우리를 관찰하면서 지은 호(號)를 나누어 주었다. 부모가 지어 준 이름과 달리 호는 자신의 모자란 부분은 북돋아 주고, 지나친 부분은 자제하도록 오행(五行)을 고려했다고 했다.

내 차례가 되어 절을 하고 어른 앞에 앉았다. 남풍(南風)이라고 하면서 종이 한 장을 내미는 것이었다. 받아든 종이에는 '南風之薰兮 人自懷忻(남풍지훈혜 인자회흔)'이라고 쓰여 있었다. 한서(漢書)에 나오는 글귀라고 하면서 '남쪽 바람은 따뜻해서 사람들은 저절로 즐거운 마음을 갖는다.' 라는 뜻이며, 나와 잘 어울리는 호라고 했다. 감사의 큰절을 올린 후, 자리로 돌아왔다.

어른은 나의 어떤 면을 보고 남풍(南風)이란 호를 지었을까? 어떻게 내 비밀을 알아냈을까. 머리를 세게 한 방 얻어 맞은 것 같았다. 마음속 깊이 숨겨 놓은 비밀이 온 세상에 드러나 버린 듯했다. 속도 모르는 급우들은 뜻도 좋고, 나에게 딱 맞는 호라고 거들었다.

한때 명리학(命理學)에 빠졌던 아내는, 내가 남보다 재주가 많고, 말주변이 좋아 사람들에게 인기(人氣)가 많은 사주(四柱)라고 했다. 인기 때문에 주변에 사람이 모이고, 모이는 사람 중엔 여자도 많다며, 오십 초반부터 여자 때문에 자기 속이 무척이나 썩을 것이라고 나를 닦달하곤 했다.

남풍이란 호를 듣는 순간, 내 머릿속을 번개처럼 날카롭게 찌르며 지나간 것은 아내가 말했던 그 인기였다. 호에 담긴 바람과 아내가 말한 인기는 곧 바람기가 아닌가. 어른은 내 모습에서 보이는 인기의 넘침을 알고, 미리 조심하라고 한 것인지도 모른다.

일주일에 이틀, 저녁마다 서당에 다니는 것은 벅찼다. 특히 대학(大學)과 중용(中庸)을 배우던 마지막 일 년은 근무지가 서울 강남에서 강북으로 바뀌는 바람에 판교 서쪽 끝까지 가는 길은 퇴근 시간과 겹쳐 늘 시간에 쫓겼다. 난 지각을 밥 먹듯 하는 성실하지 못한 학생이 되어버렸다. 그 대신 가끔 있는 주말 행사에 빠지지 않고, 회식이나 행사 때에는 얼른 밥값을 치르며 성실하지 못한 이미지를 바꾸려 노력했다. 어른께서 이런 내 모습을 보고 남풍이란 호를 지었는지도 모를 일이었다. 어찌 되었든 남풍이 나타내는 따뜻한 바람이란 뜻 아래에 또 다른 뜻이 숨어 있음을 나는 알고 있다.

글쓰기를 시작하다

교실에 들어서자 스크린에 있는 갓난아이 발 사진이 눈에 들어왔다. 강사는 종이 한 장을 주며 그것을 보고 느낀 점을 이십 분 안에 적어내라고 했다. 사진 속 아이 발에서 손자의 힘없는 발이 떠올랐다.

'집중진료실에 들어서자 눈에 들어온 것은 발가벗겨져 누워 있는 손자의 맨몸이었다. 바이러스 활동을 억제하기 위해 저온 치료가 진행 중이라고 했다. 손자의 손을 잡고 아내가 나지막이 이름을 불렀다. 백일 갓 지난 아기 눈가에서 눈물이 흘러내렸다. 밤마다 들었던 할머니의 목소리를 알아들은 것일까. 아무도 없는 이 방에서 얼마나 기다리던 목소리였을까. 아내는 흐느끼기 시작했다. 꼭지 열린 수도처럼 나도 모르게 눈물이 흘러내렸다.

'제발'

면회를 마치고 나오자마자 아내는 울음을 터뜨렸다. 마음을 추스르기 위해 보호자 대기실에 가서도 한참이 지나고 나서야 겨우 가라앉았다. 사흘 후 손자는 깨어났다. 차가운 발에 온기가 돌기 시작하고, 우리의 바람이 이루어졌다.'

강사는 이렇게 쓴 글을 모든 사람이 들을 수 있게 읽어 보라고 했다. 몇 줄을 읽어 내려가자 목이 메어 왔다. 그때 감정이 그대로 되살아났다. 몇 년이 지났는데도 사그라지지 않은 채 마음속에 고스란히 남아 있었다.

기억해 내고 싶지 않은 이야기를 드러내며 남들 앞에서 눈물 흘린 내가 창피했다. 이런 내가 숨김이 없는 솔직한 사람으로 비칠지, 아니면 자신의 이야기에 눈물이나 흘리는 주책없는 사람으로 비칠지 혼란스러웠다. 보통 사람이라면 감히 입을 열기 어려운 자신의 이야기를 서슴없이 말하는 사람을 우리는 솔직하다고 하면서도 한편으로는 혀를 차기도 한다.

감추고 싶은 은밀한 부분까지 보여줘야 하는 글쓰기를 시작했다. 젊은 시절부터 글을 끼적거렸지만, 제대로 배워서 쓴 글이 아니었다. 처음 글자를 배우는 아이처럼 차근차근 배워가며 쓸 것이다.

글을 써서 무엇인가를 이루어야겠다는 욕심도, 이름을 널리 알리거나, 멋진 글솜씨를 뽐내기 위해 쓰는 게 아니다. 때가 되면 밥 먹고, 졸리면 잠을 자듯 편안하게 쓸 것이다. 글쓰기에 지나치게 매달리지 않고, 글이 마음에 들지 않으면 다음에 다시 꺼내 마음이 움직이는 대로 다시 고쳐 쓰려

한다. 글이 웬만큼 모이면, 책으로 엮어 주위 사람들에게 나누어 주고 싶다. 멋을 부리지 않아 재미없다고 해도 내 마음이 그대로 담긴 글이라는 말을 들으면 좋겠다.

금요일마다 점심을 부리나케 먹고, 주섬주섬 가방을 챙겨 나설 땐 영락없이 초등학교 오후반 학생이다. 이 층 글쓰기 교실로 난 계단에 오르면 어릴 때 웅얼거렸던 노래와 선생님이 떠 오른다.

나를 소개합니다

낯선 자리에 갈 때마다 맞닥뜨리는 자기소개 순서가 되면, 늘 고민에 빠진다. 다른 사람이 무슨 이야기하는지 귀기울이기보다 내가 해야 할 내용에 더 신경이 쓰인다. 그러다 보니 소개시간이 끝나고 나도 기억에 남는 사람이 거의 없다. 다른 사람들도 머리가 센 사람이란 내 겉모습 이외엔 이름도 기억하지 못할 것이다. 자기소개를 잘해야 한다는 압박감이 소통을 가로막고 있다.

남들 눈에 비친 내 모습 자체가 바로 나이다. 웃는 낯으로 인사하고, 이름 석 자를 밝히는 것만으로 충분하지 않을까. 여태껏 내가 해온 자기소개는 신상 조사서 읽듯 경력을 줄줄이 엮어 자랑했다. 그것은 현재의 나를 소개한 것이 아니었다. 유통기한 지난 물건의 화려한 포장지를 한 장씩 떼어 보여 준 것이었다. 이제부터 지금 내 모습, '글 쓰는 사람'이라고 한 마디로 소개하고 싶다.

몇 해 전 문학 관련 지면에 학력, 경력, 상훈 등을 줄줄이 써서 나를 소개한 일이 있었다. 늘 하던 대로 내 깐엔 적절히 썼다고 생각했다. 다른 이의 소개를 보는 순간 얼굴이 화끈거렸다. 그들은 문학 관련 약력만 적혀 있었다. 한 줄의 약력이 그 사람의 모든 것을 나타내고 있음이 부러웠다. 그동안 내가 했던 자기소개는 현재의 내가 아니라, 지나가 버린 빈 껍데기뿐이었다.

이른 아침, 원두를 내린 커피 한 잔을 마시며 컴퓨터 앞에 앉아 있으면 마음이 편안해진다. 글 쓰는 것이 나를 차분하게 만든다. 떠오르는 생각을 끼적이는 것만으로도 하루를 제대로 시작한 느낌이다.

내가 살아오면서 맺은 수많은 인연과 경험이 글의 밑천이다. 나이가 들수록 주변 사람도, 새롭게 관계를 맺는 사람도 줄어들고 있다. 시간이 갈수록 겪을 수 있는 경험도 많지 않을 것이다. 유유상종(類類相從), 같은 부류를 찾는 인간의 본성 때문인지, 글쓰기 교실에서 만나는 사람들이 반갑다.

경험과 감정이 풍부한 사람이 글쓰기 부자라는 것, 고통이 창작의 어머니란 것도 이젠 이해한다. 내가 좋아한 작가를 보면 고통이 글을 낳고, 글이 삶의 거친 파도를 막아 준 방파제가 된 듯하다.

'글 쓰는 사람'이 아직 어색하지만, 당당히 소개하고 싶다. 안 쓰면 불안하고, 쓰고 나면 마음에 들지 않는 나, '글 쓰는 사람'이 되어가는 과정일까.

혜자의 눈꽃

탐스러운 눈이 펑펑 내리고 있었다. 마당 안을 메워버릴 것처럼 눈송이들이 어지럽게 달려들었다. 찬 바람 속에서도 노란빛을 발하던 소국 봉우리도 하얗게 눈을 뒤집어썼다. 올해는 눈이 없는 겨울이라고 한 뉴스를 본 지 며칠이 지나지 않은 때라 더 반가운 눈이었다. 차창에 쌓인 눈을 쓸어내고, 시동을 걸었다. 눈 녹은 물이 흘러내리는 윈도 넘어 눈밭 속에 노란 혜자의 눈꽃이 보였다.

'개울 쪽에서부터 이쪽까지 다섯 개의 눈꽃들이 그 어지러운 발자국들 틈에 새겨져 있는 것이었다. 그 눈꽃들은 앙증맞도록 작은 발자국이 맴을 돌며 꽃잎의 결을 새겨 가고 있었는데, 그 눈꽃의 한가운데쯤에는 노란빛 물이 번져 있어, 마치 노랑색 꽃술에서부터 꽃잎이 피고 있는듯한 조밀스러운 것이었다.'[1]

차창으로 하얀 눈이 덮인 풍경이 나타날 때마다 혜자의 눈꽃이, 아니 내가 만들다 만 노란 꽃이 눈에 어른거렸다. 바지를 내리고 흰 눈 위에 오줌을 갈기는 순간, 노란 물이

---

[1] 천승세, '혜자의 눈꽃'

들며 구멍이 났다. 하얀 눈 속을 파고드는 오줌 줄기에 정신이 팔려 맨살이 드러났는데도 한기를 느낄 수 없었다. 어린 혜자가 만든 앙증맞은 꽃잎은 새기지도 못한 채 노란 흔적만 남겼다. 사방이 온통 하얗게 변하지 않았다면 생각도 할 수 없는 놀이었다.

사무실 창문을 열었다. 어느새 진눈깨비로 변해있었다. 진눈깨비가 내리는 날엔 늘 자유로운 영혼을 꿈꿨다.

진눈깨비 내리는 날
막걸리 한잔할 사람
이런 날 어때하고
톡을 보내면
올 수나 있어
미친놈
진눈깨비 내리는 날
나만 미쳤구나.

남의 눈치를 보지 않고 괴춤을 내려 꽃을 만들던 어릴 때처럼, 누구의 눈도 아랑곳하지 않고 여인의 허벅지를 베개삼아 따뜻한 구들장에 등을 대고 누웠다. 손을 뻗어 물컹한 젖가슴을 간지럽혔다. 진한 샴푸 냄새가 목선을 타고 내 얼굴로 흘러 내려왔다. 지나가는 열차 소리에 달콤한 꿈이 순식간에 사라졌다. 어느새 진눈깨비가 비로 변해 내리기 시작했다.

혜자의 눈꽃을 보았던 그 날 밤, 눈이 부시게 아름다운 혜자를 TV에서 만났다. 스물다섯 여자가 순식간에 칠십을 훌쩍 넘은 노인으로 변해 겪는 이야기였다. 엄마의 손이 필요했던 예닐곱의 혜자가 사람의 손이 절실한 칠십 노인이 되었다는 대사가 들려 왔다. 노란 눈꽃을 만들던 어린 혜자가 내 이야기였던 것처럼 드라마 속 혜자도 역시 나였다.

한강철교 위 전철 차창 너머엔 머리가 하얗게 센 낯선 남자가 앉아 있었다. 당연히 검은 머릿결의 낯익은 젊은 사내가 있을 줄 알았다. 전철 바퀴 소리는 그때처럼 여전히 크게 덜컹대고 있었다. 같은 다리 위, 같은 자리인데 순식간에 나이가 들어버린 건 나뿐이었다. 눈이 부시게 하얀 눈 위에 펼쳐진 노란 혜자의 눈꽃 위로 내 꿈은 눈발이 되어 흩어지고 있었다.

신발 한 짝

강의실에 들어서자 영상이 눈에 들어왔다. 한 소년이 신을 수조차 없는 낡은 쪼리를 만지작거리는 장면이었다. 눈을 뗄 수 없는 장면들이 이어졌다. 움직이는 기차에서 신발한 짝이 역 플랫폼으로 던져지는 마지막 장면에선 가슴이 먹먹했다. 사십여 년 전 초등학교 졸업식에서 내가 신었던 만화 슈즈가 화면 속 쪼리와 겹쳐 떠올랐다.

이 영상은 20세의 여성 감독인 사라 로직(Sarah Rozik)이 만든 '다른 한 짝 (The Other Pair)'이란 4분짜리 단편영화로서 이집트 룩소르 영화제에서 수상했으며, 간디의 실화에서 영감을 얻어 만들어졌다고 한다.

'역 주변에서 생활하는 소년은 쪼리를 신고 다니지만, 끈이 떨어져 신을 수가 없게 된다. 소년은 기차를 타려는 부유한 옷차림을 한 소년의 새 구두를 부러운 눈으로 바라본다. 열두 시 정각, 들어오는 기차를 타려고 하는 사람들에 밀려 그의 구두 한 짝이 벗겨져 플랫폼에 남겨지고, 그는 그대로 기차에 오른다. 기차는 서서히 움직이기 시작하고, 구두를 주은 소년은 그에게 구두를 전하기 위해 달리는 기차를 따라 달려가지만, 건넬 수가 없게 된다. 소년은 기차를 향해 구두를 힘껏 던지지만, 플랫폼 바닥으로 떨어진다. 이때 기차에 있던 그는 자기가 신고 있던 다른 한 짝 구두를 벗어 소년에게 힘껏 던진다.'

눈길을 걸어도 차가운 눈 녹은 물이 스며들지 않는 신, 겉엔 털이 있어 털신이라고도 불렸던, 만화 주인공 캐릭터가 인쇄된 만화 슈즈는 어린 시절 가장 신고 싶은 신발이었다. 그것은 단지 희망뿐, 검은색 천으로 만든 헝겊 운동화와 검은 고무신이 내가 갖고 있던 신발 전부였다.

화면에 비친 소년의 낡은 쪼리는 내 신발과 닮아 있었다. 검은색에다 그것마저 낡았다는 것, 거기에 남루한 옷까지, 역 주변에서 서성대는 주인공 모습 위로 시외 버스정류장 주변을 배회하던 어린 내 모습이 습자지처럼 겹쳐 있었다.

초등학교 졸업식에서 상을 받는다는 사실을 안 엄마는 졸업선물 겸 설빔으로 그토록 갖고 싶었던 하늘색 만화 슈즈를 사주었다. 설을 지내고 졸업식 전날까지 귀티가 철철 나는 그 신발만 신고 동네를 돌아다녔다. 땅이 얼고 녹는 것이 반복되는 이월날씨는 새 신발을 금세 붉은 흙투성이로 만들어 버렸다.

졸업식 전날, 신발에 엉겨 붙은 흙을 털어내는 것만으로는 깨끗하게 할 수 없다고 생각한 엄마는 신발을 비눗물에 담아 빨기 시작했다. 연탄아궁이에 올려놓으면 졸업식에 갈 때 깨끗하게 신을 수 있다는 말에 안심했다.

졸업식 아침, 툇마루 아래에 놓여 있는 신발의 오른쪽 한 짝 겉이 검게 타서 눌어붙은 모습이 눈에 들어왔다. 연탄아궁이에 있던 신발 한 짝이 불 쪽으로 쓰러지면서 그 모양이 되어 버린 것이었다. 빨리 말리려고 불에 가깝게 놓고는 제대로 지켜보지 못해 그렇게 되었다며 엄마는 자책했다. 그 어떤 말도 안타깝고 속상한 내 마음을 달래 주지 못했다. 학교에 가면 모든 아이가 검게 탄 신발을 보고 놀릴 것이라는 두려움이 온몸을 감쌌다. 어떻게 그런 신발을 신고 졸업식에 간단 말인가?

그런 생각도 잠시, 만화 슈즈의 따뜻함을 대신할 것도, 신을 수 있는 변변한 신발도 없는 처지였다. 난 얼어붙은 운동장에서 발 시린 고통을 덜어 줄 수 있는 유일한 신발, 검게 탄 만화 슈즈를 신고 창피함을 무릎 쓴 채로 졸업식에 참석했다. 다행스럽게도 아이들은 검게 탄 내 신발에 눈길도 주지 않았다. 그 대신 내가 받은 상과 아버지가 큰돈을 들여 데리고 온 사진사 앞에 서 있는 내 모습에 더 많은 관심을 보이며 몰려들었다.

지금도 옷보다도 신발에 더 눈길이 가고, 신발장에 가득 찬 신발을 보면 마음이 뿌듯해지는 것은 그때 그 신발, 만화 슈즈 한 짝 때문인지도 모른다.

수제비와 글라디올러스

사람마다 입에 대지 않는 음식이 있다. 몸에 알레르기를 일으키거나, 지겹도록 많이 먹어 질리거나, 좋지 않은 기억을 떠오르게 하거나, 살아온 사연만큼이나 이유도 다양하다. 나도 먹지 않는 음식이 있다. 너무 많이 먹어 질린 음식도 아니고, 내 몸을 심하게 망가뜨려 고생시킨 음식도 아닌 수제비를 입에 대지 않는다. 떠올리고 싶지 않은 가난의 기억 때문이다. 많은 사람이 맛있다고 좋아하는 민물고기 매운탕 속 자그마한 수제비조차도 골라내고 먹는다.

내가 열 살이던 가을, 집을 팔아 아버지의 사업 빚잔치를 하고 난 후 우리 식구는 강원도를 떠나 인천 괭이부리말 근처 외가로 이사했다. 겉보리 서 말만 있어도 처가살이를 하지 않는다는 옛말도 무색하게 단칸방에서 일곱 식구가 더부살이했다.

먹고 살기가 막막했던 어머니는 화수부두 입구에 생선 좌판을 펴놓고 장사를, 아버지는 따로 자전거에 생선을 싣고 이 동네 저 동네 다니는 행상을 시작했다. 전학 서류가 준비되지 않아 놀고 있던 나는 근처 제분 회사를 오가는 곡물 차량이 흘리고 간 밀을 방비와 쓰레받기로 동생과 함께 쓸어 담는 일로 소일했다. 길바닥에 떨어진 밀을 쓸어 담아, 모래와 흙을 골라내고, 물로 씻어 낸 다음 껍질째 빻아 만든 밀가루는 수제비의 재료가 되었다.

학교에 다시 가게 된 후에도 외가의 단칸방을 벗어나 개건너로 이사할 때까지, 일 년 반 동안 길바닥에 떨어진 밀알 주워 담는 일은 놀이를 겸한 일상이었다. 저녁 늦게 장사를 마치고 들어온 어머니는 새끼들이 배고플 거라면서 급히 솥에 물과 큰 멸치를 넣고 끓인 후, 그 밀가루 반죽을 뜯어 수제비를 만들어 내놓았다. 입안을 맴도는 수제비의 꺼칠한 맛을 먹어 보지 않은 사람이 알기나 할까. 밀 껍질이 입안을 맴돌며 만들어 낸 꺼칠함은 다른 음식의 기억을 모두 몰아내고, 좋지 않은 기억만 내 머릿속에 남겼다.

수제비가 만들어 낸 가난은 생전 처음 가는 수학여행에 대해 말도 꺼낼 수 없게 만들었다. 열두 살 내가 철이 든 게 아니라 말해 봐야 소용없을 것이라고 스스로 판단해서, 수학여행 비용을 달라고 감히 손을 내밀지 못했다. 아이들이 모두 수학여행을 떠난 날, 출석 확인하러 간 학교 화단에는 글라디올러스 새싹이 삐죽 혀를 내밀고 있었다.

글라디올러스를 알기 전까지, 내가 알고 있던 꽃이라 해야 채송화, 봉숭아, 개나리, 진달래 정도였다. 선생님은 자신을 소개하면서 꽃 중에서 글라디올러스를 제일 좋아한다고 했다. 고사리손으로 가꾼 학교 화단에서 붉은색 글라디올러스를 보았을 때, 선생님이 좋아한다는 이유 하나만으로 나도 좋아해야 한다는 의무감마저 들었다. 사랑에 굶주리고, 수제비를 먹던 나에게 관심을 보여준 선생님에게 내가 할 수 있는 고마움의 표시는 그 꽃을 함께 좋아하는 것뿐이었다.

가로등이 훤하게 켜진 골목길로 누군가 들어서는 인기척에 눈을 돌렸다. 생각하지 못한 선생님 모습이 눈에 들어왔다. 한사람이 겨우 지날 수 있는 골목길 방 벽에 기대어 있던 나는 읽고 있던 책을 황급히 접으면서 일어났다. 불빛이 없는 창문을 보고는 아무도 없다는 것을 알았을 것이다.

"책 보고 있었니? 열심히 해"

선생님은 한마디 말만 하고 골목 아래로 내려갔다. 선생님의 가정 방문은 이렇게 끝이 났다.

수학여행 대신 글라디올러스 새싹만 바라봤던 그해, 아버지의 새 직장이 있는 개건너로 이사했다. 그 이후 수제비는 밥상에서 자취를 감췄다. 집안 형편이 나아진 탓이었다. 제분공장이 주변에 있었다면 가끔 상에 올랐을지도 모른다.

나이가 들면 식성도 바뀐다는데 수제비엔 여전히 손이 가지 않는다. 멸칫국물에 말아 주는 잔치 국수조차도 몇 년 전까지 즐겨 하지 않았다. 어린 시절 겪었던 가난의 기억이 입맛까지 바꾸지 못하게 막고 있다.

내 본적지가 되어버린 외갓집 그 자리, 지금은 아파트 단지가 들어선 그 지역을 지날 때면, 들러서 가고 싶은 마음이 생기지 않는다. 진저리치게 끔찍했던 가난의 기억, 꺼칠한 수제비를 다시 끄집어내고 싶지 않기 때문이다. 그나마 선생님의 빨간 글라디올러스가 그때 나를 따뜻하게 위로하지 않았다면, 수제비란 단어조차 입에 올리지 않았을지도 모른다. 내가 강화에 달빛을 빨아들이는 집을 사고 난 다음, 가장 먼저 한 일은 글라디올러스 뿌리를 사랑채 앞에 심은 것이었다.

소사동 22번 종점

밤새 내린 눈 때문에 길은 한산했다. 고속도로는 염화칼슘을 뿌려 놓아서인지 비가 내린 것처럼 질펀했다. 한강 뚝방길로 접어들자 사방은 온통 하얀색으로 변해있었다. 켜놓은 라디오에서 소설을 읽어 준다는 말이 흘러나왔다. 일본인 작가가 쓴 '케이크 같은…가난'이라고 하는 것 같았다. 목적지와 관련된 교통상황에만 귀를 기울인 탓에 제목을 정확히 알아들을 수 없었다. 며칠 후 인터넷 검색을 통해 무라카미 하루키의 '치즈 케이크와도 같은 모양을 하고 있는 나의 가난'임을 알았다.

라디오에서 들려주는 이야기는 가난한 신혼부부에 관한 것이었다. 가난을 아름답고 환상적으로 표현한 소설이라고 했다. 신혼부부와 가난이란 두 단어 위로 지난 일들이 습자지에 겹친 글자처럼 떠오르기 시작했다.

호적등본을 들고 행정실로 들어섰다. 내 사무실 옆에 있어 하루에도 몇 차례씩 지나치는 곳이었다. 낯익은 김 병장에게 들고 있는 호적등본을 내밀었다.

"의료 보험카드 금방 되지?"

"일주일은 걸리는데요. 어떻게 된 거예요? 언제 했어요?"

눈에 들어온 호적등본이 궁금한 모양이었다.

변비는 젊은 여자들 대부분이 가진 자연스러운 현상이라고 듣고 있던 터라, 그녀에게 변비가 있다는 말을 대수롭지 않게 생각했다. 변비 때문에 생긴 치질이 참을 수 없는 고통을 주어 데이트조차 힘들다는 그녀의 하소연을 듣고 나서야 사태의 심각성을 깨닫기 시작했다. 날씨가 쌀쌀해 지면서 증세가 악화하여 통학하는 일이 너무 힘에 부친다고 울상을 지었다. 그동안 약물로 심한 통증을 가라앉히며 버텨왔지만, 근본적인 해결 방법은 수술뿐이라고 말하면서 수술비를 걱정하는 것이었다.

생활비를 벌어 학교에 다니는 그녀에게 수술비는 감당할 수 없는 큰돈이었다. 군 복무 중인 내가 수술비를 도와줄 수 있는 형편도 안 되고, 할 수 있는 일이란 말로 위로해 주는 것뿐이었다. 수술비 부담을 줄일 수 있는 좋은 방법이 하나 있었다. 혼인신고를 해서 내 호적에 올려 배우자로서 의료 보험혜택을 받게 하는 것이었다. 아무 말 없이 듣고 있던 그녀는 누가 혼인신고를 할 것이며, 이에 필요한 증인과 서류를 어떻게 하냐고 되물었다.

"본적지가 같으니까 한 사람이 가서 하면 좋겠는데"

내뱉긴 했지만 내 손으로 하겠다는 말은 할 수 없었다. 결혼도 하지 않고 유부남이 된다는 것, 헤어지면 졸지에 이혼남이 될 수 있다는 두려움이 없지는 않았다. 내 제안을 받아들인다는 것은 나를 배우자로 받아들이겠다는 것을 의미하기 때문에 의료보험을 빌미로 청혼을 한 셈이고, 판단을 그녀의 손에 맡긴 셈이었다.

일주일 후, 혼인신고가 되어 세대가 분리되고 배우자 이름이 등재된 호적등본을 그녀가 들고 나왔다. 결혼식도, 첫날밤도 없이 일주일 사이에 그녀와 난 부부가 되었다.

"누가 한 거야? "

"오빠가 목도장 파고, 증인으로 신고했어."

호적등본을 행정실에 낸 지 일주일 지나고 의료보험증이 나왔다. 그녀에게 줄 수 있는 유일한 크리스마스 선물이었다. 그리고 이 사실은 누구도 알지 못하는 비밀에 부쳤다.

근무지가 서울로 바뀌게 되자, 그녀와 한 약속을 이행하기로 작정했다. 말을 하지 않아도 그녀도 나와 같은 마음이라는 것을 알 수 있었다. 서울로 발령이 나면 동거라도 시작하자고 한 약속 때문만은 아니었다. 결혼한 형과 동생 셋이 있는 좁은 집에서 생활하는 것은 무척 힘이 들었다. 주야를 번갈아 가며 일하는 곳으로 근무지가 바뀐 나로서는 근무하지 않는 날, 편히 쉴 수 있는 조용한 방이 필요했고, 인천에서 서울까지 출, 퇴근하는 것도 만만치 않았다.

그녀도 마찬가지였다. 생활이 빠듯한 오빠 집에서 나와

생활비와 거주를 동시에 해결할 수 있는 입주 아르바이트를 위해 이집 저집을 전전했다. 애인이 있는 머리 큰 처녀가 감내하기 어려운 일이었다. 삼 년 이상 남의 집 생활한다는 것이 해 보지 않은 사람은 그 어려움을 알 수 없을 거라고 한숨을 내 쉬곤 했다. 늦게 시작한 공부도 일 년밖에 남지 않았고, 교생 실습도 예정되어 있었기 때문에 지긋지긋한 남의 집 생활과 아이들 가르치는 일에서 벗어나길 바라고 있었다. 날짜를 따지고, 생각할 여유가 없었다. 토요일 중에서 예약이 비어 있는 날이 바로 우리가 찾는 날이고, 식을 올리는 날짜였다. 장소도 마찬가지였다. 예식장이든, 교회 든 상관이 없었다. 인천 도심에 있는 종교단체의 회관으로 결정했다.

"미친놈, 뭐 그리 급해서 난리냐! 제대나 하고 하지. 사고 쳤냐?"

어머니는 아버지가 돌아가신 후 기운 집안을 생각해서 직장에 복직한 후 결혼하기를 바랐다. 서울에 온 지 두 달이 지난 토요일이 결혼식 날짜로 정해졌다. 하루라도 빨리 함께 살 수 있는 공간이 필요했던 우리는 황금 시간대는 아니지만, 주말이라는 점을 다행으로 생각했다.

"결혼식 때 하객이라도 많이 와야 할 텐데"

어머니는 붓으로 써서 복사한 알리는 말씀을 보고는 한숨을 쉬었다. 어려운 살림에 축의금이라도 많이 들어와야 결혼식 비용을 건질 수 있음을 모르는 바는 아니었다. 어머니의 걱정 섞인 소리는 귀에 들어오지 않았다. 그녀와 함께 살겠다고 알리는 목적 이외에 결혼식의 다른 의미는 없었다.

초등학교 교사를 하는 여동생이 재형저축을 깨고 전셋돈 일부를 만들어 주었다. 그녀도 아르바이트로 모은 돈을 혼수 대신 전세금에 보탰다. 서울에서 가까운 전철역을 따라 방값이 싼 곳을 찾기 시작했다. 소사동 22번 버스 종점 부근이 가장 저렴한 지역이었다. 그 지역에서 가장 싼 단칸방을 얻었다. 버스 종점에서 걸어 십 분 정도 걸리는, 주인이 사는 이 층 뒤쪽에 자리 잡은 작은 방이 신혼집이 되었다.

신혼집을 얻고 나서부터 살림 장만에 들어갔다. 겨우 두 사람이 잘 만한 공간밖에 없는 방엔 큰 가구를 들여놓을 수도, 이를 마련할 경제적인 여유도 없었다. 함께 볼 수 있는 컬러텔레비전 하나면 족했다. 그래도 작은 옷장과 이불장은 있어야 한다고 그녀는 들여놓는 것이었다. 가구가 들어온 방에 들어서자 눈이 따가웠다. 눈에 비친 방은 제법 신혼 방 분위기가 났다.

마지막으로 마련해야 할 것이 TV이었다. 냉장고를 비롯한 가전제품은 우리 형편에 엄두도 낼 수 없었다. 동네 대리점에서 사는 것보다 세운상가에서 사는 것이 더 싸다는 사실을 알고 있던 우리는 세운상가 여기저기를 뒤져 가장 싼 14인치 컬러 TV를 샀다. 박스 양쪽을 한쪽씩 잡고 전철과 버스에 차례로 올라탔다. 용달차를 부르게 되면, 다리품이다 날아가 버리기 때문에 그럴 순 없었다. 팔이 저리고 몸이 힘들어도 행복했다. 활짝 핀 벚꽃과 따사로운 봄 햇살이 우리를 축복하고 있었다.

수돗물이 나오지 않는 부엌엔 지하수 꼭지만 덜렁 설치되어 있었다. 지하수는 뿌연 색을 띠고 있어, 빨래 이외는 쓸 수 없었는데, 도심지에 있는 지하수라 어쩔 수 없는 노릇이었다. 먹는 물은 근처 약수터에 가서 열심히 길어 오면 되는 것이었다. 그나마 다행스러운 것은 아궁이 형태의 연탄보일러가 아니었기 때문에 연탄가스 중독을 염려하지 하지 않아도 되었다. 부엌은 취사와 세면, 세탁이 함께 이루어지는 곳이었다. 이러다 보니 부엌살림을 들여다 놓을 공간도 없었다. 석유곤로와 그릇 몇 가지가 부엌살림 전부였다. 그녀가 남의 집 생활하면서 쓰던 것과 아르바이트 해서 번 돈으로 조금씩 마련해 놓은 것이었다. 어린애 소꿉장난 같다는 어머니의 말이 딱 들어맞는 표현이었다.

결혼 날짜가 다가올수록 마음이 불편했다. 신혼여행 경비까지 손을 벌리기 어려우므로 여러 가지 상황을 고려해서 신혼여행은 나중에 가기로 한 나의 무력함 때문이었다.

"신혼여행은 나중에 가야겠지? 비용이 만만치 않다는데"

그녀는 아무 말도 하지 않았다. 차라리 질타하는 말이라도 했으면 미음이 편했을지도 모른다. 며칠을 고민 끝에 가장 싼 경비로, 남이 다 가는 제주도를 가기로 했다. 새로 개장한 군인 휴양소를 예약했다. 일반 호텔의 절반 정도 되는 가격이었다. 군인과 학생이라는 신분을 활용하여 항공권도 할인받았다. 남들이 갖고 가는 돈의 삼 분의 일 수준으로 모든 일정을 소화해야 했다. 하룻밤 숙박비라도 절약하기 위해 결혼식 다음 날 첫 비행기를 예약했다. 첫날밤은 우리의 신혼 방에서 보내면 되는 것이었다.

20여 분 만에 끝난 결혼식은 너무 싱거웠다. 한편으로는 허무함까지 밀려왔다. 결혼식이 진행되는 동안 긴장감이나 흥분이 좀처럼 일어나지 않았다. 결혼식이 끝나고 모든 하객이 돌아가고 난 다음 몇 안 되는 친구들과 시간을 보내기 위해 송도유원지로 향했다.

다른 신혼부부처럼 공항까지 따라온 친구들의 배웅을 받는 모습은 아니지만, 그런대로 비슷한 광경을 연출했다. 시간에 쫓기지 않고 고생한 친구들과 여유롭게 시간을 보낼 수 있음에 만족했다. 저녁밥을 먹고 신혼집으로 왔다.

"첫날밤을 왜 남의 집에서 보내는지 몰라"

"우리 방에서 첫날을 보내게 되어 좋아"

신혼여행의 비밀을 우리는 합리화하고 있었다.

눈을 비비며 밖을 보니 허옇게 변해있었다. 밤새 눈이 내린 것이었다. 결혼 후 맞은 첫눈이었다. 창문 옆으로 난 베란다 겸 통로는 방불 빛에 훤했지만 다른 곳은 어두웠다. 화장실은 이 층에서 내려오는 계단 아래에 있었다. 날이 추워지자 집주인은 지하수 펌프와 수도관이 얼어 터진다고 밸

브를 잠가 버려 물이 나오지 않았다.

오른손엔 물을 담은 바가지, 왼손엔 두루마리 화장지를 쥔 채 부엌문을 열었다. 몸을 추스르며, 걸음을 내디뎠다. 처마 끝 계단에 발을 딛는 순간 발이 미끄러지면서 몸의 중심이 무너져 내렸다. 밤새 내린 눈 때문이었다. 몸은 계단 아래까지 막대기처럼 쿵 당 거리며 내쳐졌다. 뉘어진 채 미끄러지는 동안에도 머릿속에선 물을 쏟으면 안 된다는 생각뿐이었다. 일 층 바닥까지 내려온 내 모습은 바가지와 화장지를 하늘로 쳐든 모양이었다. 바가지의 물이 조금 흘렀을 뿐, 화장지도 고스란히 손에 쥐어져 있었다. 양손에 있던 것들을 바닥에 가만히 내려놓고 몸을 움직였다. 계단 모서리에 부딪힌 엉덩이에서 통증이 느껴졌다. 몸을 일으켜 세웠다. 물건을 다시 챙겨 들고 계단을 올라갔다. 마려움은 어느새 사라져 버렸다. 다른 고통이 이를 사라지게 한 것이다. 아침밥을 준비하려고 일어나던 아내와 눈이 마주쳤다. 왜 그렇게 빨리 볼일을 보고 왔느냐는 눈치였다.

"뭔 소리 못 들었어?"

퉁명스럽게 내뱉었다. 위로받고 싶었다. 한편으로는 위급한 상황에서도 몸을 다치지 않은 순발력을 칭찬받고 싶었다. 무척 아픈 표정을 지어 보였다. 아내는 그제야 다시 나를 쳐다봤다.

"다치지 않았지? 그 소리가 그 소리였구나."

대수롭지 않게 이야기하며 부엌으로 나가던 아내는 진짜

넘어진 것이 맞느냐며 웃었다.

"바가지와 화장지가 너무 깨끗한데"

결혼 후 맞은 첫 겨울은 새벽마다 나를 긴장하게 했다. 하얀 첫눈 때문이었다.

1987

키 큰 가로수 너머 회색 건물이 눈에 들어왔다. 정문 앞에 떼 지어있는 전경 모습에 몸은 오그라들었다. 뜨거운 햇살에 달구어진 아스팔트 열기가 숨 쉴 때마다 콧속으로 밀려 들어왔다. 공안 사범이란 이유 하나로 일주일에 한 번만 허용된 면회를 신청하고, 면회실로 들어섰다.

"엄마 걱정시키지 말고 반성문 쓰고 나와. 너랑 같이 들어 간 다른 학교 회장은 기소유예로 나왔어."

"변절자, 책이나 넣어줘"

쉽게 설득될 거라고 예상은 하지 않았지만, 동생의 의지는 확고했다. 감옥에서도 투쟁을 계속할 것이니, 쓸데없는 걱정하지 말라며 오히려 나를 위로하고 나섰다. 반성문 한 장이면 되는, 아주 쉬운 일을 왜 마다하고 왜 고집 피우냐며 목소리를 높였다.

내가 핏대를 올리며 동생 설득에 나선 것은 수형 생활이 걱정돼서만은 아니었다. 군 복무를 마치고 직장에 복귀한 지 얼마 되지 않은 나는 돌이 안 된 아기의 아버지였다. 군 복무 중 시작한 결혼생활이 이제 겨우 곤궁함에서 벗어나고 있는데, 민주화 시위 주동자인 동생 때문에 지금 누리고 있는 행복이 깨질지도 모른다는 두려움 때문이었다. 어머니 애원이라고 에둘러 말하면서 동생의 변절을 교묘히 강요하고 있는 것이었다.

민주화 운동이 활발하던 그때, 운동권 학생의 부모나 친인척은 물론 지인들까지 유, 무형의 고초를 겪었다. 정통성이 없는 정권은 들불처럼 번지는 민주화의 불길을 막기 위해 자식이나 친인척이 의식화되지 않도록 철저히 단속하라는 직장 내 교육이 수시로 이루어졌고, 운동권 자식을 둔 부모에게 인사상 불이익이 가해지고 있다는 소문도 파다했다.

정권이 정한 기준에 조금이라도 어긋나거나, 다른 의견을 표출하는 사람은 경찰에 잡혀 감옥에 갇히는 일이 다반사로 벌어졌다. 정권 유지에 방해가 된다고 판단되는 사람이 모두 그 대상이었다. 헌정질서를 파괴하고, 사회 혼란을 부추긴다는 명목으로 사람들을 옭아매었다.

정권이 정의사회구현이라는 이름으로 추악한 범죄를 저지르고 있다는 것을 모르지는 않았지만, 의식 있는 사람들이 겪고 있는 고통을 외면한 채 그런 일에 엮이지 않으려고 행동했다. 그러면서도 사회를 보는 눈과 의식만 깨어 있으면 괜찮다고 속으로 변명했다. 내가 처한 현실을 외면하고, 이상을 좇아 살기에는 난 너무 나약했다. 동생이 말한 대로 정권에 빌붙어 살아갈 수밖에 없는 회색분자였다.

6.25 전쟁 때 황해도에서 피난 나온 어머니는 데모하는 대학생은 모두 빨갱이라고 증오했다. 잘 살려고 이북에서 내려온 것이 아니라 목숨 부지하러 내려왔는데, 이젠 살만하니 저런 짓을 한다고 비난했다. 어린 것들이 배고픔과 고생을 몰라서 하는 짓이며, 부모의 은공도 모르고 공부하기 싫어서 하는 것이라고 깎아내렸다.

  아버지 돌아가시고, 좋지 않은 형편에 보낸 대학에서 데모를 주도하고 다닌다는 동생의 소식을 들은 어머니는 큰 충격에 빠졌다. 어려운 집안 형편을 생각해서 시위에 휩쓸리지 않고, 남은 일 년을 열심히 공부해 취직할 것이라고 믿었던 동생이었다. 어머니는 잘난 여자 하나 때문에 집안 망하게 생겼다며, 동생 하나 운동권에 들어가지 못하도록 붙잡지 못했다고 내게 그 책임을 돌렸다.

  나 살기도 바쁜 세상에 다 큰 대학생을 어떻게 단속하고, 챙긴다는 말인가. 어려운 신혼살림에 아내의 패물을 팔아 등록금에 보태준 것만으로도 모든 책임을 다했다고 생각했다. 어머니는 못 배운 자신보다 많이 배운 내가 동생을 설득하는데 적임자라고 단정하고, 설득이 안 되면 잡아다 집안에 들여앉히라고 닦달했다.

  학교 정문 앞은 최루탄 가스에 덮여 있었다. 라일락꽃이 흐드러지게 핀 교정 곳곳을 이 잡듯 찾아 헤맸다. 시위하는 무리 속에 있을지 모를 동생을 찾기 위해 눈에 쌍심지를 켰다. 폭력으로부터 동생을 지키기 위한 행동이 아니라 내 생활에 방해가 되는 요인을 사전에 제거하기 위함이었다.

독재정권이 타도되어 민주화가 이루어진 들 나에게 무슨 이득이 있단 말인가. 가족을 힘들게 하고, 출셋길을 가로막고 있는 장애물을 치워야 했다. 학교 안팎 어디에서도 동생의 흔적은 찾을 수 없었다. 경찰에 체포되어 유치장에 구금되어 있다는 지도교수의 말을 듣는 순간, 다리에 힘이 풀렸다.

다른 학생들처럼 금세 나오길 간절히 빌었다. 재판까지 가지 않고, 훈방으로 나오면 모든 것이 해결되는 것이었다. 동생은 쉬운 길을 거부하고 자신의 주장대로 재판에 넘겨졌다. 판사는 들리지도 않는 목소리로 판에 박힌 판결문을 읽고는 쫓기듯 재판정을 나가버렸다. 오히려 당당한 사람은 실형을 선고받은 동생이었다.

'1987' 영화를 보러 간 날은 영하 십삼 도를 기록했다. 영화는 동생이 교도소에서 만기 출소했던 그때 이야기였다. 감옥에서 추운 겨울을 보내고, 온갖 고초를 겪고 나온 탓에 검게 변해버린 동생의 얼굴이 영화 화면에 겹쳐졌다. 많은 사람의 몸과 마음이 독재정권에 의해 망가졌다는 것을 난 기억한다.

생각만 했을 뿐, 불의에 저항하지도 못하고 그저 바라보기만 했던 내 머릿속에 영화 상영 내내 맴돌았던 것은 이 한 마디였다.

'난 비겁했다.'

빨강팬티

학원을 정리하고 할 일을 찾고 있던 아내는 명리학(命理學)을 배우기 시작했다. 학원을 운영하면서 많은 사람과 부대끼며 살아왔던 터라, 평소 사람의 타고 난 속성과 운명에 많은 관심을 보여 왔고, 십여 년 만에 찾아온 시간적인 여유가 공부하도록 만든 듯했다. 아내의 첫 번째 탐구대상은 내 사주(四柱)였다.

전반적으로 사주는 좋은데, 운이 초년에 들어왔기 때문에 앞으로 출세를 위해서는 좋은 기운을 많이 북돋아 주어야 한다고 풀이했다. 특히 모자라는 물기운(水)을 보충해줘야 한다면서 화분도 수련, 부레옥잠 같은 수생식물이 자라는 수반으로 바꾸기 시작했다. 심지어 붉은색이 사주에 어울린다고 붉은색 계통의 넥타이를 매고 다니라고 말하더니, 결국엔 빨강팬티 까지 사다 주는 것이었다.

아내의 말에 따라 붉은 넥타이는 주저 없이 매기 시작했다. 그러나 속옷은 선뜻 내키지 않았다. 붉은색이 행운을 가져다주는 색깔이라고 해도, 옅은 색 속옷이 전부였던 나로서는 빨강팬티에 쉽게 손이 가지 않았다.

빨강 속옷과의 첫 인연은 첫 직장에서 첫 월급 탔을 때였다. 왜 빨강내복을 선물해야 하는지 그 이유를 알지도 못한 채 어머니께 빨강내복을 사다 드렸다. 그렇게 해야 직장생활이 원활하고, 승승장구할 수 있을 것이라 막연히 생각했었다. 빨강 속옷과의 대면이 처음이 아니었다고 해도 빨강팬티를 입고 다니는 것을 도저히 받아들일 수 없었다. 아마도 김민정의 시 '빨강에 고하다'에서 표현한 것처럼 빨강팬티는 여자가 매직이 걸린 날 입는 속옷으로 남자는 눈길을 주지 말아야 할 것 물건이라는 점과 색의 이미지가 너무 에로틱했기 때문인지도 모를 일이었다.

'네가 손만 잡고 잠만 자자고 했다
네가 아는 내 애인이 고해성사를 한 직후였다
Eli Eli Lesma Sabachtani!
코 골며 꿈속으로 나자빠진 줄 알았는데
왜 자꾸 내 이름은 부른다니?
빨강팬티에다 나는 날개형 화이트를 대고 있었고
화장실 변기 위에 나는 오래 저린 엉덩이였다
미안해, 생리 중이야!'

〈김민정 시집 '그녀가 처음, 느끼기 시작했다'에서 인용〉

빨강팬티 입기를 주저하는 내 모습을 본 아내는 빨강팬

티 사기가 얼마나 어려웠는지 아느냐고 하면서 중요한 일이 있을 땐 반드시 입고 가라고 채근했다. 아내의 잔소리에 떠밀려 중요한 협상이나 계약이 있을 때면 샤워를 하고, 붉은색이 많이 들어간 넥타이와 함께 빨강팬티를 의도적으로 챙겨 입기 시작했다.

어머니께 드린 빨강내복과 입기를 강요받은 빨강팬티는 어찌 되었든 내 속에 있던 타오르는 욕망과 끈끈하게 연결된 것이었다.

그해 가을, 어렵게 계약에 성공한 프로젝트를 설명하는 워크숍 자리에서, 일하는 데 있어 마지막까지 최선을 다해야 하며 사소한 것이라도 신경을 써야 한다고 강조하는 말끝에 붉은색과 나의 관계를 이야기했다. 물론 그 빨강팬티를 입고 갔었다는 사실까지.

워크숍이 끝난 지 한 달쯤 되었을까? 지방에 근무하는 한 직원이 사무실로 찾아왔다. 이번엔 꼭 임원으로 승진하라는 말과 함께 조그만 상자 한 개를 내놓는 것이었다. 이것을 구하기 위해 시내 상점을 다 찾아 헤매고 다녔다고 하면서, 매일 입고 다니라는 말을 잊지 않았다.

집에 와서 상자를 열어보니, 색깔도 선명한 빨강팬티 다섯 장이었다. 다음 날부터 내가 입는 팬티는 빨강으로 바뀌어 있었다. 몇 주가 지난 후, 회사의 별이라고 불리는 임원 승진명단에 내 이름 석 자가 실렸다. 직원이 사다 준 빨강팬티가 아내의 말처럼 좋은 일을 가져온 것이었다.

십여 년이 지난 요즘도 중요한 행사나 일이 있을 때면 빨강팬티를 챙겨 입는다. 여자의 전유물로 생각하여 얼굴을 붉혔던 빨강팬티가 어느새 내 애호품이 된 것이다.

이불 보따리

　작은아들 이불 보따리를 싣고 가는 길엔 봄이 성큼 다가와 있었다. 봄볕은 운전대를 잡은 나를 가만히 내버려 두지 않고, 운전하는 내내 몸을 나른하게 만들었다. 이태 전, 학교 구경을 겸해서 아내와 함께 큰아들에게 짐을 갖다 줄 때와 달리, 나 홀로 작은아들 기숙사에 짐을 갖고 가는 길에서는 이불 보따리를 짊어진 아버지 모습이 떠올랐다. 큼직한 보따리를 짊어지고, 내 하숙집으로 성큼성큼 걸어가는 아버지 뒷모습이었다.

　태어나 한 번도 가보지 않았던, 피붙이는 물론 아는 사람이라고는 전혀 없는 그곳은 내가 받은 첫 발령지, 울산이었다. 간단한 세면도구만 챙겨 동기생 두 명과 부산으로 내려갈 때만 해도 부산에서 근무할 것으로 기대했다. 기대와는 달리 홀로 울산으로 발령을 받고 버스에 올랐다.

　땅거미가 질 무렵, 근무처 옆 여관에 잠자리를 정했다. 앞으로 헤쳐나가야 할 직장생활에 대한 걱정 때문에 잠이 오질 않았다. 잠을 자려고 할 때마다 머리는 맑아졌다. 거의 뜬눈으로 밤을 새우고, 첫 출근을 했다.

비상 연락망 주소란에 써넣어야 할 거처가 정해지지 않은 것을 본 직원이 교동에 좋은 곳이 있다며 하숙집을 소개했다. 하숙집을 구했으니, 이부자리와 옷가지를 철도화물로 부쳐달라는 내 전화에, 아버지는 굳이 자신이 갖고 내려가겠다고 하는 것이었다. 이부자리 없이 잠을 자게 될 아들을 떠올리며 하루도 지체할 수 없다고 생각한 게 틀림없었다.

새벽부터 이불 보따리를 챙긴 아버지는 개건너 집에서 동인천역, 영등포를 거쳐 세 시간여 만에 강남터미널에 도착한 후, 울산행 고속버스에 몸을 실었을 것이다. 인천에서 울산까지 이불 보따리를 어깨에 들쳐 메고, 열 시간을 꼬박 걸려 내려온 아버지는 일하는 아들에게 방해가 될까 봐 하숙집에 짐을 내려놓고 나서야 왔다고 연락을 했다.

나중에 안 사실이지만, 아버지는 이불 보따리를 어깨에 짊어지고 직장 경비실을 찾았다. 수위는 직감적으로 새로 부임한 직원의 가족임을 알아차리고, 비상 연락망 철에서 하숙집 위치를 알려주고 나서, 잠깐 쉬었다 가라고 했단다. 아버지는 자랑스럽게 내 이야기를 하며, 담배 한 개비를 피우고 나서는 다시 이불 보따리를 어깨에 둘러메고 경비실을 나섰다는 것이다.

차가 흔치 않았던 시절, 큰 짐은 잘 실어 주지도 않는 버스를 타고 열 시간을 넘게 달려와 하숙집에 이불 보따리를 풀어놓은 아버지는 그날 막차로 되돌아갔다.

그때 아버지의 심정이 지금 나와 같았으리라. 첫 직장을 먼 타향에서 시작하는 아들을 생각하며, 무거운 이불 보따리를 짊어지고 내려왔던 아버지와 대학 생활을 타향에서 시작하는 아들의 짐을 내려주고 오는 나는 한 끈으로 연결되어있는지도 모른다. 엄마와 아기가 탯줄로 연결되어 호흡하는 것처럼 아버지가 내게 보인 사랑이 보이지 않는 끈을 타고 다시 아들에게 흘러가고 있다.

비옷 걸친 자전거

장마가 시작되었다는 뉴스를 들으며 한강 제방 길로 방향을 틀었다. 중부지방을 중심으로 집중 호우가 내릴 거라는 내용이었다. 아들이 계획하고 있는 자전거 전국 일주가 장맛비 때문에 취소될 거로 생각했다. 솔직히 비를 핑계로 여행 계획이 취소되길 바랐다. 평소 운동을 하지 않던 아들이 무더운 장마철에 고교 친구들과 함께 자전거 전국 일주를 하겠다고 했을 때, 십 대의 무모한 도전이라 생각하면서도 결국엔 포기할 것이라는 확신 때문에 건성으로 허락했다.

내일 아침 출발한다고 지나가는 말투로 이야기할 때까지도 전국 일주를 계획하고 있는 사람으로 보이지 않았다. 단지 출발하기 며칠 전 자전거 살 돈을 달라고 하더니, 싸구려 자전거 한 대를 덜렁 끌고 들어온 것이 전부였다.

출발한다고 한 날부터 다음 날까지 강화지역도 비가 그치질 않고, 오히려 빗줄기도 거세지고 바람도 세게 불어 댔다. 때 늦게 심은 나무들이 비바람에 잘 버티고 있는지 살피러 마당으로 나갔다. 바짓가랑이는 순식간에 비에 흠뻑 젖어 버렸다. 빗물을 털며 현관을 들어서는 내 모습을 아내가 보더니, 얼른 전화기를 집어 들었다. 그제야 여행을 떠난다고 했던 아이 말이 떠오른 모양이었다. 핸드폰을 받지 않는다고 신경질을 냈다. 그리곤 집으로 전화를 하는 것이었다. 전화를 받은 작은아들은 형이 자전거를 끌고 아침에 나갔고, 오늘 양평까지 간다는 말을 들었다고 했다. 애초 계획보다 하루 늦게 출발한 것이었다. 컴퓨터를 켜고 기상청 홈페이지를 찾아 들어갔다. 양평지역엔 집중 호우가 내리고 있고, 내일까지 이어지겠다고 예보하고 있었다. 경기 중부와 강원도까지 기상특보가 내려진 상태였다.

'미친놈들!'

나도 모르게 튀어나온 말이지만, 한편으론 무모함과 용기가 부러웠다. 비의 기세는 누그러질지 모르고 더욱 사나워졌다. 대나무 흔들리는 소리가 유난스럽게 들려 왔다. 저녁 9시 뉴스가 시작될 때쯤, 마침내 아내와 아들 사이에 전화 통화가 이루어졌다. 아침에 부천에서 출발하여 양평을 향해 비바람을 헤쳐 갔으며, 양평 못미처 국도변 휴게소 마당에 놓여 있는 평상 위에 텐트를 치고, 하룻밤을 보낼 작정이라고 했다.

"가다가 힘들면 자전거 택배로 부치고 버스 타고 올라와. 알았지!"

아내의 목소리는 사정하는 말투였다. 첫 통화 이후 보름 동안, 저녁마다 이루어진 아들과의 통화는 일 분이 채 걸리지 않았다.

　기상특보가 내려졌던 양평에서 지낸 첫날 밤, 비바람 때문에 제대로 잠을 자지 못해 무척 힘이 들었던 아이들은 그 다음 날부터 지나가는 지역에 있는 교회나 일행의 친척 집에서 잠을 잔다고 알려 왔다.

　해외 출장을 가기 위해 인천공항에 도착하자 아이가 집에 왔다는 전화가 걸려 왔다. 얼굴은 새까맣게 탔고, 핼쑥해졌다고 했다. 끝까지 전국 일주를 한 친구는 세 명이고, 나머지 세 명은 부산에서 포기하고 버스로 올라왔다고 했다. 아들이 대견했다. 인천공항 밖엔 아들이 출발했던 날처럼 비가 내리고 있었다.

　출장을 마치고 집에 오자마자 아들 방부터 열었다. 예전 모습 그대로였다. 컴퓨터 게임으로 밤을 새웠는지 자고 있었다. 궁금한 이것저것에 대해 아내가 대신 대답했다. 내가 한 마지막 질문은 어느 곳이 제일 인심 좋았냐는 것이었다. 무사히 여행을 마치고 돌아온 것만 보아도 많은 사람이 도와줬을 거란 사실을 알 수 있는데도 다시 확인하고 싶었다. 가는 곳마다 사람들이 친절하고 고맙게 대해줬다고 했다. 특히 여행 나흘째 되던 날 밤, 무척 힘이 들었던 그 날 이야기를 아내는 이렇게 전했다.

　'비는 계속 내렸다. 저녁 무렵 김천에 있는 한 교회에 들어갔다. 교회가 작아 재워 줄 방이 없다고 해서 되돌아 나오려고 했다. 그런데 목사님께서 잠깐 기다리라고 한 후, 방에 들어가더니 뭔가를 갖고 나왔다. 재워주지 못해 미안하다고 하면서 손에 이만 원을 쥐어 주었다. 받아야 할지 뿌리쳐야 할지 잠시 주저했다. 잠자리 비용을 받아 들고, 고맙다는 말도 제대로 못 한 채 다시 교회를 찾아 나섰다. 그날 밤늦게 다른 교회에서 잠을 잤다.'

이야기를 듣고 나자 가슴이 먹먹했다. 말문도 막혔다.

'이런 일이 …'

다시 한번 자는 아들을 보았다. 우리가 사는 세상에는 좋은 사람이 많다는 사실을 아들은 이번 여행에서 느꼈을 것이다. 목사가 손에 쥐어 준 돈에 담긴 정이 전국 일주를 무사히 마치게 한 힘이었으리라. 현관에는 비옷 걸친 자전거가 덩그러니 서 있었다.

내 맘을 아는지 모르는지

한 달 만에 그는 기숙사에서 짐을 싸서 나왔다. 대학에서 배울 것이 하나도 없고, 다니는 것 자체가 시간 낭비라는 이유였다. 아내가 북경에 있는 동안만이라도 학교생활을 제대로 해주길 바랐지만, 헛수고만 한 셈이었다. 집으로 돌아온 그는 예전처럼 홍대 앞 밴드 활동에 몰두했다. 그러면서도 시간이 날 때마다 자전거를 끌고 나갔다. 자기도 조만간에 할 자전거 전국 일주를 대비해서 훈련하는 것이라고 했다. 자전거를 끌고 나가면 새벽녘에 들어왔고, 현관문 여는 소리에 난 잠이 깨곤 했다. 그가 밤새 대부도까지 다녀오곤 했다는 사실을 나중에 알았다. 내가 출근할 때, 그는 늘 깊은 잠에 빠져 있었다. 즉흥적이고, 감성적인 그가 힘든 자전거 여행을 할 거라고는 믿지 않았다. 기껏해야 가까운 강화도 정도 다녀오리라 생각했다.

"아빠! 수요일에 출발할 거야"

북경행 비행기를 타기 위해 아침 일찍 현관을 나서는 내 뒤통수에 대고 그는 출발을 말하는 것이었다. 북경에서 돌아오기 바로 전날 떠난다는 황당한 말이었다.

"집이 비는데, 어떻게 해?"

내 말을 들었는지, 못 들었는지 대꾸도 하지 않고 자기 방으로 들어가 버리는 것이었다.

나흘 후, 북경에서 돌아와 어두운 현관문을 열자, 자전거는 그대로 구석에 있었다. 간다고 했던 그가 떠나지 않은 것이었다. 집 안은 떠날 때와 다름없이 여전했다. 오래전에 고장 난 그의 핸드폰도 책상 위에 그대로 놓여 있었다. 늘 하던 대로 홍대 앞에 간 것으로 생각하고, 잠자리에 들었다. 잠결에 문 열리는 소리와 함께 물건 옮기는 소리가 들렸다. 자리에서 일어나 거실로 나갔다.

"야! 뭐 하는 거야?"

"지금 출발하려고요"

텐트, 침낭, 배낭, 그릇들이 거실 바닥에 널브러져 있었다. 현관에는 사람 그림자도 어른거렸다. 함께 가려고 온 친구들이라고 했다. 여행 준비 용품에서 빠진 바람막이와 우의, 비상약을 챙겨주고, 필요한 돈의 액수를 물었다. 무전여행이라며 돈이 필요 없다고 손사래 쳤다. 그 말에 개의치 않고, 비상금으로 갖고 있으라는 말과 함께 주머니에서 집히는 대로 돈을 꺼내 손에 쥐여 줬다. 밤길이 위험하니 낮에만 이동하고, 오늘 갈 때는 붉은 등을 반드시 자전거 뒤에 달고 가라고 신신당부했다. 그리고 매일 머무는 곳을 문자로 보내라는 말도 덧붙였다.

"알아서 갈 테니 주무세요!"

그가 출발했다는 내 전화에 아내는 아이 하나 잡지 못했다고 화를 냈다. 장맛비가 며칠 동안 내린다는 예보가 라디오에서 흘러나왔다. 동행한 친구 핸드폰 번호라도 적어 놓았어야 했다. 밤새 잘 갔는지, 잠을 제대로 자기나 한 건지 궁금한 게 한둘이 아니었다. 일을 끝내고 집에 들어와 소파에 앉아 핸드폰을 만지작거렸다. 전화가 올 것 같은 예감 때문이었다. 그 순간, 아침에 왔던 낯선 문자가 머리를 스쳤다. '충남 연기'. 보낸 전화번호가 낯설어 잘못 전달된 문자로 생각했었다. 얼른 문자 보관함을 열었다. 아는 사람이 보낸 것이 아니면 보자마자 지워 버리는 내 습관을 다시 한번 확인했을 뿐, 아무것도 남아 있지 않았다.

그가 떠난 지 닷새가 지난, 비가 갠 아침이었다. '충남 부여 친구 외갓집'이라는 문자가 떴다. 그 번호로 전화를 걸었다.

"어디냐? 어떻게 지냈냐? 비는 맞지 않았느냐?"

궁금했던 것을 순식간에 쏟아 냈다.

"잘 지냈어. 여긴 충남 부여, 비가 와서 여기 과수원에서 자고, 배 봉지 씌우는 아르바이트 했어. 오늘 다시 출발할 거야"

그의 대답에 아무 말도 할 수 없었다. '그래 알았다'라는 말밖엔 나오지 않았다. 돈이 필요하지 않다고 한 이야기며, 걱정하지 말라고 한 이유가 여기에 있었다. 내가 생각했던 것 이상으로 그는 자기 살 궁리를 다 하고 있었다.

큰아이가 지난해 했던 자전거 전국 일주를 늘 대견하게 생각하고 있었다. 교회에서 잠자리를 해결하고, 함께 떠난 아이들의 친척 집도 들러가면서 보름 만에 무사히 집에 돌아온 것을 요즘 젊은이답지 않은 행동이라고 자랑하곤 했다. 자기 형과 다른, 일하면서 여행하는 방법을 그가 실천하고 있다는 사실은 사고뭉치로만 여겼던 내 생각을 바꾸어 또 하나의 자랑거리로 그가 자리 잡기 시작했다. 한편, 그가 언제 집에 돌아올지 가늠도 할 수 없이 날짜는 지나갔다.

새 핸드폰을 사서 책상 위에 올려놓고, 늘 하던 대로 주말을 보내러 강화로 향했다. 아내의 전화가 왔었는지 확인하기 위해 핸드폰을 열자 부재중 전화번호가 눈에 들어왔다. 책상 위에 올려놓고 온 새 핸드폰 번호였다. 빈집에 핸드폰을 두고 왔는데, 어떻게 된 영문인지 알 수 없는 노릇이었다. 그가 집에 오려면 삼사일은 족히 걸릴 거리에 머물고 있다고 했는데, 누군가가 책상 위에 놓여 있던 핸드폰으로 전화를 한 것이 확실했다. 전화를 걸자 그가 받았다.

"아빠! 대구에서 자전거 버스에 싣고 지금 왔어."

"밤 10시쯤 집에 갈 테니 집에 있어라"

"홍대 공연 보러 가야 하는데, 일요일에 들어올 거야."

강화에서 돌아온 일요일 밤, 현관을 열자 눈에 띈 자전거에는 텐트와 침낭이 그대로 묶여 있고, 거실에는 배낭과 옷가지가 흩어져 있었다. 그는 여행을 마치고 오자마자 일상으로 돌아간 것이었다. 그가 겪은 여행에 관해 이야기해줄

사람도 물어볼 사람도 집 안엔 없었다. 내가 그의 얼굴을 본
것은 월요일 늦은 밤이었다. 짤막한 대화라도 하고 싶은 내
마음을 아는지 모르는지.

잘난 아들

"잘난 아들 둬서 좋겠어."

가슴이 덜컹 내려앉았다. 평상심을 잃지 않으려고 안간힘을 쓰는 아내의 떨리는 목소리에서 왠지 모를 불길함이 엄습해 왔다. 그것도 잠시, 이어진 비아냥거리는 말 한마디는 순식간에 불길함의 실체를 드러냈다.

"젊은 나이에 할아버지 된 것 축하해"

나도 모르게 한숨이 나왔다. 막 오십에 접어든 내가 할아버지라니, 내 앞에 벌어질 상상도 못 한 일에 속은 천 길 낭떠러지기로 떨어지기 시작했다. 군대도 갔다 오지 않은 아들이 사고 쳤다는 사실이 알려지면, 자식 농사 잘 지었다고 들었던 말도 빈정대는 뒷말로 바뀔 게 분명했다. 그동안 잘났다고 고개를 빳빳이 세우고 다니던 내가 어떻게 얼굴을 들고 다닌단 말인가. 생각하면 할수록 머릿속이 하얘지며, 가슴이 떨려왔다.

식탁에는 아들과 앳된 여자가 아내 앞에 앉아 있었다. 아들 뒤통수를 주먹으로 후려치고 싶은 충동을 꾹 참으며 아내 옆 의자를 끌어당겼다. 그녀는 지방에서 홀어머니와 살다가 중학교를 졸업하자마자 집을 나와 살고 있으며, 홍대 앞에서 록 밴드 활동하면서 같은 음악을 하는 아들을 알게 되었다고 그간의 자초지종을 이야기했다. 집 나온 지 삼 년 동안 엄마와 교류가 거의 없었다는 말도 덧붙였다. 책임진다는 말 한마디에 아기를 낳고, 벌이도 없는 남자와 산다는 것이 가당하기나 한 일인가. 모든 문제를 아내와 내가 해결해야 했다.

"너희들 앞길이 창창한데, 애 낳으면 너희들이 하고 싶은 것 할 수 없게 돼. 내일 병원에 가서 애 지우자. 더 나이 들어서 결혼하면 되잖아"

우리의 설득에 그녀는 아무 말이 없이 울기만 했다. '우리 말 잘 듣고, 따라서 하라'는 말을 수없이 반복했다. 아들과 여자의 속이 어떤지는 관심 사항이 아니었다. 배 속에 있는 아이가 아들의 앞길에 커다란 돌덩이가 되어 가로막을 수 있기 때문에 둘 사이에 연결된 끈을 무슨 수를 써서라도 끊어 놓아야 한다는 생각뿐이었다. 침묵의 시간이 흐른 뒤, 아들이 입을 뗐다. 둘이 의논해서 결정하겠다고 하면서 자기 방으로 그녀를 데리고 들어가는 것이었다. 그들이 우리말에 동의하고 따를 것으로 생각했다. 하룻밤이 지나면 모든 일이 일상으로 돌아와 있을 것이라고 믿었다.

다음날 새벽, 그들은 흔적도 없이 사라졌다. 핸드폰도 그대로 둔 채 행선지를 파악할 만한 어떤 것도 남겨 놓지 않앉다. 록 밴드 활동을 했기 때문에 홍대 근처나 서울 인근에서 생활하고 있을 것으로 추측했다.

그들이 사라지고 삼 개월이 지난 초겨울, 아들 친구로부터 지방에 있는 고시원에서 동거하며 공장에 나가고 있다는 소식을 들었다. 주소와 핸드폰 번호를 알고 나니 안도감에 이은 배반감에 다시 한번 울화가 치밀었다. 어떻게 살고 있는지 궁금했지만 사는 꼴을 보러 가는 것은 내키지 않았다. 겨울 이불 한 채와 옷가지를 종이상자에 담아 택배로 부치고, 돈 필요하면 송금해 줄 테니 계좌번호를 알려달라고 문자를 보냈다. 점점 날씨는 추워지고 있었다. 지방에 있는 아들을 만나고 온 아들 친구는 여자 배가 많이 불러 있고, 아들이 다니는 공장 일감이 줄어 이틀에 한 번 나간다고 근황을 알려주었다. 이대로 두면 무슨 일이 벌어질지 알 수 없는 노릇이었다. 감수성이 예민한 그들이 극심한 생활고에 시달리게 되면, 극단적인 선택을 할지도 모른다는 생각이 번갯불처럼 머리에 스쳤다.

누구도 자기편이 되어주지 않을 것을 알고도, 실낱같은 희망의 끈을 잡고 여자를 데리고 집으로 들어오기까지 얼마나 심한 마음고생을 했을까. 책임질 테니 우리 집에 가자고 말하는 아들의 떨리는 목소리가 환청처럼 들려 왔다. 아내의 전화를 받는 순간 내가 느꼈던 충격과는 비교가 되지 않는, 앞으로 닥칠 일에 대한 두려움이 쓰나미처럼 밀려 왔을 것이다. 다른 사람도 아닌 아비인 내가 아들의 고통과 두려움을 헤아려 보지 않았다는 것, 그가 도움의 문을 두드렸음에도 그 소리에 귀 기울이지 않았다는 사실을 떠올리자 가슴이 아려왔다. 자신의 앞길을 평생 가로 막고 서있을 지도 모를 돌덩이를 치워달라고 도움을 청하러 온 그를 외면한 채, 알량한 체면 때문에 또 하나의 돌덩어리를 아들 앞에 턱 하니 놓아 버린 것이었다.

"내려놓자. 우리가 마음을 비우자"

아내와 난 인정하고 싶지 않은 현실을 받아들이기로 했다. 배 속의 아기와 그들을 살리는 것이 무엇보다도 먼저였다. 집 앞에 있는 빌라를 전세로 얻고 난 후, 아들에게 전화를 걸었다. 지방에서 그들이 올라오고 두 달이 지난 이른 봄, 난 쉰 하나에 할아버지가 되었다. 백일이 지나고 나서야 손녀의 존재를 사람들에게 이야기하기 시작했다. 내가 할아버지라는 현실을 인정하기까지 거의 일 년이 걸린 셈이었다.

손녀가 태어나고 두 해가 지난 여름날 오후, 결혼식 단상에 올라간 아내는 아들과 며느리에게 바라는 글을 천천히 읽어 내려갔다.

"우리 아이 결혼식에 참석해 주신 하객 여러분께 감사드립니다. 이 결혼식은 다른 결혼식과 달리 주례 없이 진행되고 있습니다. 우리 아이들이 먼저 아이를 낳고, 부부생활을 시작했기 때문에 주례 없는 결혼식을 선택하게 되었습니다. 조금은 어색하고, 매끄럽지 않게 진행되더라도 널리 양해해 주시기 바랍니다. 그럼 이제부터 우리 아들, 며느리와 이 년여를 함께 살아오면서 느꼈던 것과 앞으로 살아가면서 지켜야 할 것을 이야기하고자 합니다.

사랑하는 아들아! 준비 없이 시작한 부부라지만 너무 철이 없고, 실망스러울 때가 한두 번이 아니었단다. 아들이 하고 있는 일에 대해 조금은 아쉬운 점이 있지만, 알아주지도 않는 음악을 열심히 하는 모습이 대견스럽단다. 그런데 그 일 때문에 가끔 가장이란 사실을 잊는 것 같구나. 오늘 결혼식이 네가 한 여자의 남편이고, 한 가정의 가장이란 사실을 세상에 널리 알리는 예식이란 사실을 잊지 말고, 모든 일의 최우선을 가정에 두길 바란다. 그리고 네가 지금 하는 일이나, 결정할 것이 당장에 행복한 것인지, 앞으로도 행복할 것인지를 생각하길 바란다.

사랑하는 아들아! 불편한 몸으로 아이를 돌보는 장모와 공부하는데 피곤해하는 아내를 위해서, 네가 조금 힘들다 해도 집안일을 적극적으로 도와주길 바란다. 양말 벗는 것, 신발 벗는 것, 옷 벗어 넣는 것 등 네가 어릴 때 했던 버릇이 눈에 거슬렸었는데, 지금도 여전히 어릴 때와 같구나. 이제부터 작은 것부터, 네 주위부터, 쉬운 것부터 행동에 옮겨주길 바란다.

야무진 며느리야! 처음 널 보았을 때 측은하기도, 안타깝기도, 얄밉기도 했단다.

한때는 우리 아들의 걸림돌이란 생각에 잠을 이룰 수 없었단다. 그러나 네가 '정연'이를 낳고, 대학 수능 공부를 할 때부터 조금씩 생각이 바뀌게 되었다. 그리고 올해 대학에 들어가 장학생이 되어 받은 장학금에서 폐백 돈을 준비했다는 편지를 받고는 너무 대견하고, 고마웠단다. 열심히 공부하고, 네가 원하는 일을 하길 바란다. 여자도 능력을 발휘할 수 있는 세상임을 명심해라.

사랑하는 어미야! 한편으로는 아내로서 역할을 잊지 말길 바란다. 생각이나 행동이 조금은 엉뚱하고, 남을 배려하는 면이 부족한 남편을 조금 더 이해하고, 감싸주길 바란다. 남편을 모든 생활에서 첫 번째로 생각하고, 남자는 늘 어린애란 사실을 잊지 말아라.

아들, 그리고 며늘아기야! 오늘, 너희 부부는 새로운 생활의 출발선에 서 있다.

이제부터 독립적인 한 가정을 꾸려가야 한다는 점에서, 한 개인에서 남편, 아내, 사위, 며느리, 부모로 다시 태어난다는 점을 잊지 말아라. 특히 너희들 주변에 있는 윗사람들을 공경하길 바란다. 그 사람들은 너희에게 많은 삶의 지혜를 제공해 줄 것이며, 너희 아이에게도 좋은 본보기가 될 것이다. 부모의 언행이 아이에게 그대로 답습된다는 것을 명심해라. 이 세상에서 벌어지는 일들은 내 마음, 내 뜻에 맞게 이루어지지 않는다. 욕심을 줄이고, 사람들이 나와 다르다는 점을 인정하면서, 조금은 손해 보며 행동하면, 모든 일이 편하게 받아들여질 것이다. 앞으로 살아가면서 일어나는 어렵고, 힘든 일도 그 순간을 긍정적으로 생각하고, 감사하는 마음으로, 둘이 힘을 합쳐 그것을 헤쳐나가길 바란다. 서로 이해하고, 양보하는 것만이 남들과 다르게 시작한 결혼 생활을 더욱 행복하게 만든다는 점을 가슴 깊이 간직해라.

아들과 며늘아기야! 행복하고, 예쁘게 잘 살아라"

졸업식

가을 학위 수여식을 안내하는 메일이 왔다. 더위는 수그러들 기미조차 없는데, 학위복을 빌려 입고 땀을 뻘뻘 흘릴 일을 생각하니 참석이 선뜻 내키지 않았다. 참석한다고 해도 더운 날씨에 식구를 오라고 해야 할지, 오지 말라고 해야 할지 난감했다. 다른 사람은 몰라도 손녀는 학교 수업을 빼먹으면서까지 축하한다고 올 아이라서 입을 열 수가 없었다. 머리가 허옇게 센 내가 젊은 사람 틈에서 학위증을 받는 것이 왠지 모르게 쑥스럽고, 자랑할 일이 아니라는 생각이 들었다. 식장 참석 대신 수여식이 끝난 오후, 교무처에서 학위증을 받아 들고 왔다. 학위증을 본 며느리가 축하의 말을 건넸다.

"아버지! 대단하세요."

대단하다는 말은 며느리가 한 것에 비교하면 과분한 말이었다.

손녀에게 젖을 물리고 있는 며느리의 한 손에 기다란 책이 들려있었다. 운전면허시험 문제집처럼 생긴 것을 자세히 보니 한자 검정시험 책자였다. 내가 두꺼운 한문책을 펴놓고 있는 모습을 보고, 한자(漢字)를 공부하려는 것으로 짐작했다. 갓난쟁이 키우며, 살림하면서 공부하는 것이 녹록지 않음을 깨닫고, 얼마 지나지 않아 책을 내려놓을 것이라고 예단했다.

갓 스물을 넘긴 며느리는 아들과 함께 록 밴드 활동하다 눈이 맞아 아기를 낳고 살림을 시작했다. 손녀가 몸을 가눌 정도가 되면 다시 음악 한다고 젖먹이를 우리에게 맡겨 둔 채 홍대 앞으로 나가지 않을까 내심 걱정했다. 며느리가 한자 검정시험 책자라도 보고 있다는 사실은 그나마 다행스러운 일이었다. 손녀 백일이 지나고 여름이 막바지에 이르렀을 무렵, 고등학교 검정고시 공부를 시킬 요량으로 며느리에게 물었다.

"공부하고 싶니?"

비스듬히 소파에 기대어 책장을 넘기던 며느리가 몸을 바로 세우더니 놀라는 목소리로 대답했다.

"네"

"공부는 어디까지?"

말이 끝나기 무섭게 대답이 이어졌다.

"검정고시로 고등학교 졸업자격은 따 놓았어요."

음악 활동을 하면서도 공부할 마음을 갖고 있었던 게 확실했다.

"수능시험 봐라. 학원 등록하고 다녀. 애는 우리가 봐주면 되잖아"

며느리가 더는 음악 활동을 하지 않고, 정상적인 사회생활을 할 수 있도록 도와주는 방법은 이것뿐이라고 생각했다.

며느리는 젖먹이를 아내에게 맡기고, 대학입시 학원에 다니기 시작했다. 어느새 난 시아버지가 아니라 수험생 딸을 둔 아버지가 되어있었다. 기초 없이 시작한 입시공부는 그해 겨울이 지나고 다음 해 겨울 초입까지 이어졌다.

수능시험 점수가 나오자 갈 수 있는 학교를 찾기 시작했다. 성적을 봐서는 집에서 조금 거리가 있는 사 년제 대학에 갈 수 있었지만, 가까운 전문대학을 선택했다. 아이를 돌보며 다닐 수 있게 되었다고 며느리는 좋아했다. 아내는 빨리 졸업해서 돈을 벌어야 한다고 며느리를 채근했다. 주위 사람들은 며느리 공부시켜 봐야 소용없다며, 누구 좋은 일 시키려고 그렇게 하냐며 쑥덕거렸다.

대학에 들어간 며느리는 완전히 다른 사람으로 변해가기 시작했다. 아이 엄마라기보다 공부에 목숨 건 학생, 고시생 같은 모습이었다. 며느리 덕 좀 보려고 했는데, 오히려 며느리 시집살이한다고 아내는 투덜댔다. 손녀 키우기에서부터 살림까지 집안 살림 모두가 아내 몫이 되었다. 며느리는 학생 신분에 충실한 학생 이상도 그 이하도 아니었다.

"쉬엄쉬엄 공부해라"

"제가 할 수 있고, 할 줄 아는 건 공부밖에 없어요."

학비는 자기가 알아서 할 테니 생활비만 대달라고 한 며느리는 학비를 한 푼도 내지 않는 장학생이 되었다. 공부에 대한 욕심이 남다른 며느리에게 사 년제 대학편입을 조심스럽게 물었다. 졸업 후 취직해서 집안 살림에 보탬이 되어야 하고, 며느리의 학력이 높아지면 고졸인 아들이 무시당할 수 있다고 아내는 반대했다.

　며느리가 아니고 딸이었으면 어떻게 했을까. 당연히 취직보다 계속 공부하라고 부추기지 않았을까. 아들이 하지 않겠다고 한 공부, 며느리가 대신하면 되는 일 아닌가. 말을 꺼내지 않았을 뿐, 며느리가 속으로 갖고 있던 생각을 내가 대신해준 셈이었다. 아내는 자기를 나쁜 시어머니로 만들어 버렸다고 나를 힐난했다. 서울 소재 대학편입시험은 수능보다 더 큰 노력이 필요하고, 경쟁 또한 매우 치열했다.

　며느리 졸업식에 남편인 아들도 아내와 사돈도 일이 있어 참석할 수 없다고 했다. 대학 편입시험에 합격한 며느리 졸업을 축하해 주는 일은 시아버지인 내 몫이었다. 지금까지 내가 경험한 졸업식은 하나같이 추운 날에 거행되었다. 졸업식장은 내가 처음 경험한 초등학교 졸업식처럼 땅바닥이 꽁꽁 얼어붙고, 찬 바람이 쌩쌩 부는 야외 운동장에 차려졌다. 맨 앞자리 의자에 졸업식을 기다리는 며느리가 보였다.

　"졸업 축하해. 고생했어."

　"수석 졸업이래요. 아버지"

　더는 말을 할 수가 없었다. 가슴이 먹먹했다. 아무렇지도 않은 듯 얼굴을 돌려 졸업식 단상만 바라보았다.

디지털카메라

서랍을 정리하던 중이었다. 예전에 사용했던 낡은 디지털카메라가 눈에 들어왔다. 똑딱이라고 불리던 작고, 작동이 쉬운 이 카메라는 한동안 우리 사진을 도맡아 찍어 대다가 신형 디지털카메라에 밀려 서랍에 처박혀 있었다. 전원을 켜자 액정화면이 살아나고, 메모리에 동영상 파일 20여 개가 나타났다.

'웬 동영상이지? 누가 찍어 놓은 것이지?'

카메라의 재생 버튼을 누르자, 작은아들이 등장했다. 삼각대에 카메라를 고정해 놓고 찍은 보컬 강의 영상이었다. 지금까지 보지 못했던 아들의 밝은 모습이 화면을 채우고, 목소리까지 힘이 실려 있었다. 아들의 열정적인 모습에 가슴이 먹먹해져 왔다. 거실에 있던 아내를 불렀다. 동영상이 재생중인 디지털카메라 화면을 아내의 눈앞에 들이댔다. 말없이 보던 아내가 눈물을 흘리기 시작했다. 댓 개의 동영상이 재생되는 동안 어떤 말도, 어떤 소리도 낼 수 없었다. 요즘 들어 아들이 말을 하지 않고, 부쩍 야위어가는 이유가 동영상 속에 고스란히 담겨 있었다.

아들이 군 복무를 마치자 처, 자식만큼은 자신의 힘으로 부양해야 한다며 나와 아내, 며느리까지 아들을 압박하기 시작했다. 남보다 일찍 결혼은 했으나, 가족 부양을 책임지지 않고, 베짱이처럼 철없이 살아가는 사람처럼 보였다. 우군이 하나도 없는 아들에 대한 우리의 공격은 집요했다. 아내가 수소문 끝에 집에서 가까운 서점 일자리를 찾아냈다. 책을 좋아하는 아들에게 안성맞춤 직장이라고 떠들어 댔다. 그 일은 아들이 하고 싶은 것도, 선택한 것도 아니었다. 고교 시절부터 하던 음악 활동보다 돈벌이가 우선이라는 우리의 강요에 어쩔 수 없이 떠안아 버린 일이었다.

록 밴드 활동 경험이 있는 며느리는 남편이 음악을 접고, 평범한 생활인으로 돌아오길 바랐다. 홍대 앞에서 음악 하는 사람들 대부분이 현실 도피자라고 말하며, 그쪽 사람들과 어울려 다니는 것조차 싫어했다. 우리 식구 모두 음악 활동보다 안정된 직장인이 되어 살아가길 원했다. 서점에 다니기 시작한 아들은 말이 없어지고, 얼굴에서 웃음기가 사라지며 야위어갔다. 처음 시작한 직장생활에 적응하는 과정쯤으로 생각했다.

디지털카메라의 동영상은 우리의 생각과는 달리, 아들은 가족들의 성화에 못 이겨, 하고 싶지 않은 일을 어쩔 수 없이 하며 살고 있음을 여실히 보여주고 있었다.

"아들이 하고 싶어 하는 것 하게 해주자."

"저렇게 열정적이고, 신나 하는데, 우리가 못 할 짓 하고 있었어. 우리가 애들 키우고, 생활비 대줍시다."

　다른 사람도 아닌 아들의 고통을 그동안 모르고 있었다는 것, 도움을 청할 수도 없는 처지로 그를 내몰았다는 점까지 보태져 가슴이 아려왔다.

　젊은 시절 나 역시 가족들의 반대와 강요 때문에 하고 싶었던 것을 포기한 일이 한두 번이었던가. 아들이 좋아하는 일을 하는 데 도움을 주지 못할망정, 그 길을 가로막고 있는 사람이 자식을 잘 안다고 떠들어 대던 나였다. 그가 겪고 있는 고통을 파악하지도, 이해하려고도 하지 않은 채 날마다 사지로 내몰고 있었다. 한창 젊음을 만끽할 나이에 처, 자식이 있다는 이유만으로 열정적으로 했던 일을 포기토록 강요하고, 삶의 즐거움을 잃게 할 순 없었다.

　아들을 불렀다. 서점에 나가는 것이 진저리날 정도로 싫다고 말하며, 취직에 대비해 낮엔 컴퓨터 학원에 다니고, 저녁엔 예전처럼 홍대 앞 음악실에 나가고 싶다고 했다.

　다음날 아들은 서점을 그만두고, 정부가 교육비를 지원하는 컴퓨터 학원에 등록했다. 오전에 학원, 저녁엔 홍대 앞으로 다시 나가면서, 아들의 얼굴엔 웃음기가 보이기 시작했다.

업(業)

　불 꺼진 거실은 캄캄했다. 안방 문을 열고, 전등 스위치를 올렸다. 욕실에서 샤워기 물소리가 들려 왔다. 욕실 문을 열어젖히자, 어둠에 묻힌 욕조 안에 쭈그리고 앉아 있는 아내가 보였다. 풀어헤친 머리 위로 물줄기가 사정없이 쏟아지며 실오라기 하나 없는 등줄기를 따라 흘러내리고 있었다. 아내의 목울음 소리는 뿌연 타일 벽을 타고 내 심장에 꽂혔다. 미끄덩거리는 아내의 몸을 일으켜 세웠다. 마른 수건으로 머리와 몸을 닦아내고, 이불에 뉘었다. 처절한 울음 끝 흐느낌이 메마른 딸꾹질처럼 간간이 이어지며 야윈 어깨가 들썩거렸다.

　개나리가 필 무렵부터 아내는 세상사는 재미가 하나도 없는데 왜 살아야 하는지 모르겠다며 집 안에만 틀어 박혀 있기 시작했다. 처음엔 십여 년 동안 했던 사업을 정리하고, 오랜만에 갖게 된 여유로 인해 생긴 중년 주부의 짜증쯤으로 대수롭지 않게 생각했다. 회사 일에만 신경을 쓰던 나는 아내의 병을 눈치채지 못했다. 심지어 오십 초반에 어린 애를 밖에서 데리고 들어올 사주라며, 사십 후반인 내게 정관 수술하고 오라고 난리를 칠 때도 심각하게 받아들이지 않았다. 날이 갈수록 아내는 잠을 자지 못하고, 밥맛이 없다며 때를 거르기가 일쑤였다. 이상한 문양이 그려진 수천 장의 갱지가 거실 바닥에 널브러져 있을 때도 불면을 치유하는 방법으로 생각했다. 그것이 아들과 내 운명을 바꿀 수 있는 비책이라고 믿고, 여러 날 밤새워 그린 것임을 얼마 지나지 않아 알게 되었다, 아내는 점점 야위어가고, 집안 꼴도 엉망이 되어 갔다. 가끔 자신이 왜 이러는지 모르겠다며 정신 나간 사람처럼 중얼거리기도 했다.

자신의 병이 심각하다는 것을 처절하게 보여 준 날, 아내가 잠든 틈을 타 아는 의사에게 전화를 걸었다. 그는 단번에 우울증이라고 진단했다. 환자로 생각하여 보살피고, 우선 잠을 푹 잘 수 있도록 하라고 조언했다. 가능하면 가까운 병원에 가든지, 아니면 자기 병원으로 데려오라고 당부했다. 병원에 가서 진찰 한번 받아 보자는 말에 아내는 자신이 정상인데도 정신병 환자로 몬다고 쏘아붙이고는, 자신을 정신병원에 입원시키고 새 여자 만나려는 음흉한 내 심보가 드러났다며 길길이 뛰는 것이었다. 아내는 어찌할 방법이 없는, 속수무책으로 깊은 수렁에 빠져들었다.

아내가 편치 않다는 소식을 듣고 처형이 달려왔다. 보기 흉할 정도로 야위고, 실성한 사람처럼 말하는 아내의 모습을 본 그녀는 귀신 장난이 아니면 이럴 수 없다며 곧바로 단골 만신에게 전화를 거는 것이었다. 무당의 힘을 빌려 병을 고친다는 것이 믿기지도, 마음이 내키지도 않았다. 그렇다고 처형의 처방을 무턱대고 반대할 수도 없었다. 마음을 조금이라도 안정시킨 다음, 죽이라도 먹게 해 기력을 살리는 것이 먼저였다. 병을 치료하기 위해선 병원에 가는 것이 제일 나은 방법이긴 했지만, 죽기 살기로 달려드는 저항에 어쩔 도리가 없었다. 지푸라기라도 잡고 싶은 심정으로 처형에게 모든 일을 맡겼다. 고사가 끝난 것을 확인하고, 집으로 들어갔다. 아내는 오랜만에 밥도 제대로 먹었고, 한결 마음도 안정되었다고 하면서 신기한 듯 말을 이어갔다.

"우리 집에 두꺼비가 업으로 들어앉아 있대."

이사 온 지 삼 년이 지나도록 한 번도 보지 못한 두꺼비가 업으로 들어앉아 있다니, 만신이 실제로 보고 한 말이 아니라 아내의 마음을 위로해 주려고 내뱉은 말이라고 여겼다.

병세는 호전되는 듯싶더니 다시 원상태로 돌아갔다. 아내는 절에 다녀오면 잠도 잘 오고, 안정을 찾을 수 있을 것 같다고 뜬금없이 동행을 요구했다. 절 근처에는 가보지도 않은 사람인데 의외였다. 다녀오는 오는 길에 병원에도 들르겠다고 약속했다. 아내가 친구 따라 다녀왔던 제천에 있는 절이었다. 다녀오는 길에 수안보에서 하룻밤 자기로 하고 휴가를 냈다.

산 중턱에 있는 절에 도착해 차려준 점심을 먹고 주지와 마주 앉았다. 주지는 아내 친구로부터 이야기를 들었는지 아내의 증상을 알고 있었다. 아내의 심신불안은 몇 년 전 돌아가신 장모의 원혼 때문이라고 했다. 주지는 이왕 온 김에 장모의 천도제를 지내고 가라는 것이었다. 말은 없었지만, 아내는 내심 바라는 눈치였다. 절 식구들이 천도제를 준비하는 동안 아내와 난 양지바른 절 마당에 앉아 미처 느끼지 못했던 봄볕을 즐겼다. 절 마당 끝 꽃밭에 자주색 새싹이 돋아나고 있었다. 아내가 옆에 있던 호미로 새싹 뿌리를 캐는 것이었다.

"강화 뜰에 심자. 함박꽃이야"

천도제를 지내고 수안보로 향하는 차 안에서 아내는 무척 기분이 좋아졌다고 오랜만에 밝게 웃었다. 그날 밤 아내는 깊은 잠에 빠져들었다. 집으로 돌아오는 길에서도 밝은 표정이 이어졌다. 약속한 대로 병원에 들러 진찰과 처방을 받고, 병원치료를 시작했다.

다음 해 봄, 곰솔을 둘러싸고 있는 회양목 아래에 자주색 새싹이 삐죽 고개를 내밀었다. 아내가 함박꽃이라고 절에서 캐온 작약이었다. 겨울 견디고 새순을 세상 밖으로 내밀어 기쁨을 준 것도 잠시, 봄갈이하러 지나던 트랙터가 건드렸는지 마당 출입구에 있는 큼직한 경계석이 비스듬히 길 쪽으로 틀어져 있었다. 한 해에 한두 번 울타리를 넘어뜨리거나 비딱하게 만들어 놓곤 했다. 이번엔 달랐다. 울타리는 멀쩡했다. 아마도 방향을 틀던 바퀴가 경계석을 틀어놓은 듯했다. 제자리로 돌려놓기가 만만하지 않았다. 삽과 곡괭이를 지렛대 삼아 들어 올렸다. 돌 아래 엎드려 있는 흙색을 띤 두꺼비가 눈에 들어왔다. 겨울잠을 자고 있는지, 아니면 잠이 깬 것인지 알 수 없었다. 자리를 고르고 바르게 놓으려던 것을 포기하고, 두꺼비가 다치지 않도록 비뚤어졌던 모양 그대로 놓았다.

날이 풀리면서 아내의 병은 호전되어갔다. 여름이 다가오자 집안 식구와 아는 사람들도 놀러 오기 시작했다. 거의 이태 동안 걸음을 멀리했던 그들은 여름 휴가를 겸해 우리 집을 찾은 것이었다. 놀러 온 손님 한 분이 테라스 앞에서 마구 자란 반송이 눈엣가시처럼 거슬렸다고 하면서 가지를 톱과 가위로 잘라냈다. 말끔해진 반송을 흡족하게 바라보며 잘라낸 가지를 옮기고, 나무 아래 떨어진 솔잎은 갈퀴로 긁어 밑을 받쳐 손으로 들어냈다. 마지막 남은 솔잎을 긁어내려는 순간, 갈색 바닥에 얇은 비닐 껍질처럼 보이는 것이 눈에 들어왔다. 흙 보호색을 한 두꺼비였다. 턱 밑에서 할딱대는 것을 미처 보지 못했다면, 솔잎을 긁어내는 갈퀴가 큰 상처를 입힐 뻔했다. 아내를 불렀다.

"어디 있는데, 아 저기"

두꺼비를 처음 본 아내는 호기심 어린 눈길로 바라보면서 두꺼비를 걱정했다.

"뱀이 두꺼비 잡아먹지 않을까?"

솔잎을 두꺼비 위에 덮으며 대답했다.

"너무 커서 잡아먹지 못할 걸"

두꺼비가 한 해에 두 번이나 눈에 띈 것으로 보아 우리 집 마당을 자신의 터전으로 삼아 살고 있음이 확실했다. 이른 봄 경계석 밑에 있던 두꺼비와 반송 밑에서 눈에 띈 놈이 같은 두꺼비일까. 초봄에 본 두꺼비는 봄부터 안전한 보금 자리를 찾아 이동한 끝에 마당 한가운데 있는 반송 아래를 자신의 터로 삼았는지, 아니면 서로 다른 두꺼비가 자신의 영역을 지키면서 살아가고 있는 것인지 알 수 없었다.

우리 집에 두꺼비가 업으로 산다는 만신의 말은 사실이 었다. 예부터 자신이 머무는 집을 보살피고, 재물이 새나가 지 않도록 업이 막아 준다고 했다. 아내가 병원치료를 받아 들이고 나서부터, 병이 호전되고 있음을 알려 주기 위해 나 타났는지도 모른다.

아내가 우울증이 완치되어 중국에서 혼자 일 년을 보내 고 온 다음 해, 갓난아이가 우리 집 안방을 차지했다. 오십 초반에 아이를 데리고 들어올 팔자라고 나를 닦달했던 아 내의 말이 현실이 되었다. 아내가 늘 미안해하고, 우울증을 심하게 만들었던 작은아들이 어린 나이에 얻은 딸이었다. 복스러운 손녀는 아내와 내 품에서 떨어지지 않았다. 두꺼 비처럼 생겼다는 말이 어울리는 손녀가 집주인이 된 이후, 두꺼비는 한 번도 눈에 띄지 않았다. 아내가 심한 우울증에 힘들어한 것, 쉰 하나에 졸지에 할아버지가 된 것 모두 받아 들일 수밖에 없는 내 업이었다.

빈자리

앞으로 중국어를 공부해야겠다고 하는 내 말에 아내는 시큰둥하게 반응했다. 그러던 아내가 기초 중국어책을 뒤적이는 내 모습을 보자 자기도 하겠다며 중국어 학원에 수강을 등록하는 것이었다. 심한 우울증에 시달리다 조금씩 회복 중인 아내에게 취미 활동, 운동과 함께 중국어 공부도 우울증 잔재를 없애는 데 도움이 될 거로 생각했다.

학원에 다니기 시작한 후, 온 집안은 중국어 소리로 가득했다. 테이프를 틀어놓고 그것을 따라 하는 아내의 목소리와 스피커에서 나오는 중국인 목소리가 오뉴월 저녁 개구리 울음소리처럼 들렸다.

"이왕 할 거면 중국에 가서 하지"

"그럴까?"

지나가는 말로 던진 빈말일 뿐, 실제 행동으로 옮기라고 한 말이 아니었다. 아내의 반응은 진지했다. 학원 수강을 연장하지 않고, 신학기 시작 전인 이월 중에 중국으로 가야겠다고 말하며, 북경행 비행기 표를 부탁했다. 날짜가 촉박하니 학기가 시작된 사월 이후에 가는 것이 좋겠다는 내 말에 이왕 갈 거면 빨리 가는 게 훨씬 좋다고 아내는 주장했다.

나 혼자 남아 작은 아이 대학 입학과 이미 계획되어 있던 집안일을 혼자 해야 한다는 것을 상상도, 엄두도 나지 않았다. 중국에 가는 것을 막지는 못한다고 해도 출발을 늦추고 싶었다. 아니 가지 않기를 바랐다. 이런 내 속을 꿰뚫고 있었다는 듯 아내는 이월 하순에 출발하는 항공권을 직접 구매해 들고 왔다. 항공권을 보여주며, 자신이 원해서 가는 게 아님을 강조했다.

"난 당신이 가라고 해서 가는 거야. 친구들에게 남편이 보내주는 것이라고 했으니까 다른 말 하지 마."

떠나는 날짜가 다가올수록 마음이 심란했다. 아내도 마음이 흔들리는 것 같았다.

"내키지 않으면 취소해. 괜찮아"

다시 주워 담을 수 없는 엎질러진 물이었다.

중부지방 기온이 영하 십 도 이하까지 내려간다고 했다. 중국으로 떠나기 전 친구들과 태백산 등산을 간다고 아내는 내 옆에서 열심히 옷을 챙겼다. 아내의 여행 날짜에 맞춰 새해 첫 운동을 하기로 한 나도 추위에 대비해 두꺼운 옷을 가방에 넣었다. 각자 갈 길이 정해져 있었다. 해가 뜨기 전에 나는 서쪽으로, 아내는 동쪽으로 떠날 참이었다. 이런 추위에 산행이나 운동을 하는 것은 제정신이라면 할 수없는 것이었다. 나나 아내나 이별을 앞에 두고 어쩔 줄 몰라 하는 사람 같았다.

운동을 마치고 강화로 들어갔다. 보일러와 수도가 추위에 이상이 생겼는지 살펴봤다. 보일러나 수도배관이 추위에 얼어 버리면 여간 낭패가 아니라는 것을 이사 온 첫해에 경험했었다. 다행히 동파 방지 열선과 보온재로 단단히 손을 보아 나서 그런지 아무 이상이 없었다. 보일러 온도를 올리고, 한기가 있는 방에 펴져 있는 이불 속으로 옷을 입은 채 들어갔다. 방바닥에서 올라오는 온기가 눈꺼풀을 잡아당기기 시작했다.

인기척이 났다. 검은 물체였다. 아내일 거란 생각이 들면서도, 아니라는 생각이 번개처럼 스쳤다. 산에 갔다가 벌써 올 리가 없는데, 일어나려고 발버둥 쳤다. 대체 누군지 알아야 했다. 안간힘을 쓰고 나서야 겨우 가위에서 벗어났다. 방 안은 캄캄했다.

불을 켰다. 전화기를 집어 들었다. 아내는 그제야 영월에서 저녁을 끝내고 출발한다고 했다. 늘 켜져 있던 집 앞 가로등마저 꺼져있어 마당도 어둠에 묻혔다. 아내와 이별이란 두려움이 성큼성큼 다가오고 있었다.

아내가 북경으로 떠난 후, 첫 번째 맞은 주말이었다. 여느 때처럼 강화로 향했다. 수십 번을 다녔던 길, 아내와 함께 갔던 횟수보다 혼자 더 많이 다닌 길인데 뭔가 허전했다. 쓸쓸한 것인지, 외로운 것인지 도대체 알 수 없는 기운이 차

안을 맴돌았다. 차창으로 펼쳐진 풍경도 눈에 들어오지 않았다.

'잘 지낼 수 있을까?'

'함께 가면서 이야기하던 길인데, 투덜대면서도 밭과 정원을 꾸몄는데'

지금까지 있었던 많은 일이 다시는 할 수 없다는 생각에 미치자 가슴이 답답했다. 일주일밖에 되지 않은 아내의 빈 자리가 내 가슴을 사정없이 누르고 있었다.

북경에 가다

아내가 떠난 지 사십여 일이나 지나고 있었다. 한번 한국에 들어와야 하지 않겠냐는 말에 자신을 사랑이나 하냐고 되묻는 것이었다. 어학 공부를 함께 하는 젊은 여자가 있는데, 북경에 온 지 한 달도 안 돼, 애인이 두 번이나 다녀갔다고 하면서 나를 힐난했다. 아내 성격상 내가 찾아가지 않으면 삼 개월짜리 비자를 현지에서 연장해서 눌러앉아 있을 것이었다. 나도 가중되는 일과 새로 받게 될 교육 때문에 날이 갈수록 시간 내기가 어려울 듯했다. 한편으로는 아내의 북경 생활이 궁금했고, 혼자 살림하며 지내는 일에 짜증이 나기 시작했다. 이런 분위기를 바꾸기 위해선 북경에 다녀오는 수밖에 없었다.

항공사 홈페이지를 열어 놓고, 싼 가격으로 다녀올 방법이 있는지 찾기 시작했다. 가장 좋은 방법은 그동안 적립해 놓은 마일리지를 이용해 항공권을 구매하는 것이었다. 다가오는 가까운 주말에 다녀오기로 마음먹었다. 보너스 항공권 숫자가 별도로 정해져 있어 원하는 시간과 날짜를 맞추기 어려웠다. 사월 첫 주말 북경행 비행 시간표엔 이코노미석은 없고, 비즈니스만 예약할 수 있다고 표시되어 있었다. 비행시간이 두 시간도 안 되는데, 울며 겨자 먹기로 마일리지를 50%나 더 주고 비즈니스를 선택했다.

출발일과 도착시각을 전화로 알려 주자, 내가 북경에 갖고 가야 할 물품목록을 메일로 보내왔다. 봄옷, 화장품, 신발 등 아내의 자질구레한 물건들이 망라되어 있었다. 내 옷만 챙겨 입던 내가 옷 방과 장롱 구석구석을 뒤져 아내의 옷을 찾는 일은 여간 힘이 드는 일이 아니었다. 그 옷이 그 옷 같고, 어디에 있는지조차 알 수 없었다. 한 집에서 산 지이십 년이나 지났지만, 아내의 옷을 챙겨 본 적이 없기 때문이었다. 목록에 있는 옷 한 벌을 챙길 때마다 전화를 걸었다.

"어디에 있다고? 보라색 재킷이 도대체 어디에 있다는 거야?"

"옷 방, 두 번째 칸에 있을 거야. 어이구"

확인하고, 물으면서 장롱과 옷 방을 뒤져 나갔다. 비슷한 색상과 모양을 한 것이면 무조건 집어 들었다. 제대로 챙겼는지 알 수 없는 노릇이었다. 가지고 간 옷을 입든 말든 상관없이 아내가 보내온 명세서대로 숫자만 맞추면 내 임무는 끝나는 것이었다. 아내의 옷을 챙겨 간다는 사실 하나만으로도 나는 사랑받을 만한 일을 한 셈이었다.

싸인 옷더미에서 아내가 운동할 때 입을 만한 티셔츠가

보이지 않았다. 싸구려 중국산 티셔츠를 사 입고, 필드에 나가고 있음이 분명했다. 출국장 면세점에서 아내에게 어울릴 만한 티셔츠를 샀다. 비싸게 이런 걸 왜 사 왔냐고 핀잔을 들을 건 뻔했지만, 오랜만에 보는데 빈손으로 갈 수 없어 샀다고 핑계를 대면 그만이었다.

마중 나온 아내가 눈에 들어왔다. 떠날 때 입었던 옷 아니면 봄옷을 입었을 것이란 상상은 단번에 깨졌다. 아내의 모습은 현지인 모습 그 자체였다. 인민복같이 생긴 청색 겨울 잠바를 입은 아내는 가벼운 봄옷 차림의 내 모습과 자신이 대비되는 것을 금세 알아차렸다.

"이상해? 여긴 아직 추워, 바람도 많이 불고, 여기서 사 입은 거야"

말꼬리를 흐리며, 입술이 터져 아물기 시작한 내 얼굴을 보더니 놀라는 눈치였다.

"얼굴이 왜 그래? 이게 뭐야?"

"불쌍한 모습으로 가야 한다고 해서"

나는 장난기 가득한 웃음을 지어 보였다. 안쓰러워 보였는지, 자신의 옷이 가득 찬 여행용 가방을 내 손에서 낚아채 택시 정류장으로 끌고 가는 것이었다. 내 손엔 아내의 티셔츠가 담긴 쇼핑백만 덜렁 들려있었다.

다시 북경에 가다

인천공항 입국 심사를 마치고, 가방을 찾자마자 바깥쪽에 나 있는 포켓 지퍼를 열었다. 좁은 틈으로 손을 집어넣었다. 손에 걸려야 할 카메라가 손에 잡히지 않았다. 짐을 쌀 때부터 가방 안에 넣었을지도 모른다는 생각이 들었다.

집에 도착하자마자 가방을 열었다. 보여야 할 카메라가 보이지 않았다. 술, 꿀과 같은 액체는 기내 반입이 안 된다는 북경공항 규정을 보안검색대 앞에서 보게 되면서 일이 틀어진 게 틀림없었다. 들고 타려 했던 가방을 수화물로 부치는 과정에서 가방 뒤 포켓에 있던 카메라를 그대로 둔 채, 로밍 핸드폰만 챙긴 것이었다. 설마 손을 대겠냐는 안일한 생각 때문이었다. 천안문 광장과 베이하이 공원에서 찍은 사진도 카메라와 함께 사라져 버렸다.

두 달 만에 다시 찾은 북경은 초여름 날씨였다. 선크림을 바르고 선글라스를 꼈다. 우다코 역까지 걸어가 지하철을 타고, 천안문 남쪽 광장에 도착했다. 평일인데도 많은 사람으로 붐볐다. 모택동 기념관 앞을 지나 천안문 광장에 들어섰다. 지난 사월에 왔었던 그 자리였다. 다시 한번 자세를 취했다. 지난번 잃어버린 사진을 되찾기라도 하듯 아내와 난 번갈아 가면서 천안문을 배경으로 셔터를 눌러 댔다.

천안문을 지나 단문과 오문을 지나자 매표소가 나왔다. 명 왕조와 청 왕조 궁궐이 시작되는 곳이다. 웅장함과 크기에 놀랐다. 돌 조각 하나하나에도 정성이 깃들어 있었다. 이를 만들기 위해 얼마나 많은 백성이 피와 땀을 흘렸을까? 태화문과 교태전을 지나 무거운 다리를 쉬기 위해 문간에 걸터앉았다. 매점에서 산 아이스크림을 입에 물었다. 알아보는 사람이 없다는 사실이 마음을 편하게 했다. 연애 시절 이후 처음, 나란히 앉아 편하게 아이스크림을 먹으며 희희낙락했다.

잠시 휴식을 끝내고 담장 사이로 난 길을 지나자 정원이 나왔다. 그곳에는 목단과 작약이 가득했다. 목단과 작약은 꽃 모양이 거의 같아서 둘 다 함박꽃으로 불리는 꽃이다. 다른 화초는 눈에 띄지 않았다. 중국 사람들이 풍요의 상징인 함박꽃을 매우 좋아한다는 사실을 알 수 있었다.

사람들에게 떠밀려 북쪽 성문으로 들어섰다. 한국어 방송 안내기를 돌려주어야 할 곳을 지나쳐 버렸다. 발길을 되돌려 안내기를 반납하고 다시 천안문 방향으로 향했다. 궁궐 서쪽 회랑에는 각종 유물이 전시되어 있었다. 전시된 사신도에서 조선 사람의 모습이 보였다. 각국의 사신과 민간인을 그림으로 그려 놓은 화첩도가 함께 전시되어 있었다. 조선 관원과 민간인 모습이 첫 장에 소개되어 있다. 60여 개 국이 넘는 나라 중에서 조선이 가장 먼저 있는 것을 보면, 조선이 지리적, 정치적으로 가장 가까운 나라였음을 보여 주고 있었다.

지하철을 타고 집으로 돌아왔다. 조선족 소개로 얻은 지난번 집은 월세가 터무니없이 비싸서 두 달 만에 아내는 이곳으로 이사했다. 조선족 중개소는 새로 북경에 오는 한국 사람들에게 현지 사정을 모른다는 점을 이용하여 바가지를 씌운다고 아내는 열을 냈다. 바가지 쓴 것을 안 아내가 곧바로 현지 중국인 소개소를 통해 마련한 집이 바로 이 집이다. 주변에 한국 사람이 살지 않아 오히려 공부하고, 사람 사귀는 데 도움이 될 뿐 아니라 물가도 더 싸다고 좋아했다. 아내는 중국에 온 지 넉 달이 안 돼 중국 생활에 완전히 적응하고 있었다. 처음 얻었던 아파트 단지엔 한국 사람들이 많이 살았다. 임기를 끝내고 한국으로 들어가야 하는 주재원들에게는 자녀 교육이 늘 고민거리라는 사실을 게 알게 된 아내는 학원을 경영했던 경험을 바탕삼아 그들을 대상으로 과외를 시작했다. 생활비는 물론 학비까지 해결하게 된 것이었다.

에어컨을 틀고, 침대에 눕자 피곤함이 밀려왔다. 아내는 전에 살던 지역에 있는 주재원 집에 갈 준비를 하느라 분주히 움직였다. 그런 아내에게 투정을 부렸다.

"여기까지 왔는데, 독수공방하라고?"

아내는 내 말에 한술 더 뜨는 것이었다.

"내가 오기 전까지 밥하고, 반찬 해놔. 알았지"

혼자 남은 내가 할 수 있는 일은 없었다. 잠을 청하려 해도 잠이 오질 않았다. 알아들을 수 없는 중국 티브이는 혼자 떠들어 댔다. 아내가 올 때까지 소일거리가 필요했다. 난 쌀을 씻기 시작했다.

\

나 홀로 여름휴가

여름이 시작되기도 전인 오월 중순, 제주에서 건설업을 하는 동기가 여름휴가 계획을 보내왔다. 그 내용은 가족을 동반하여 함께 휴가를 보내자는 것이었다. 광복절 휴일을 이용하면 직장이 있는 사람도 삼박사일 휴가를 쉽게 낼 수 있다는 것이 그의 주장이었다. 많은 사람이 그 제안에 동의했다. 나도 북경에 있는 아내가 날짜를 맞추면 작년 여름처럼 제주에서 휴가를 보낼 수 있겠다는 생각에 얼른 참여를 신청했다. 참가자를 확정 지어야 할 칠월이 되자, 전화가 걸려 왔다.

"몇 분이죠? 비행기 푯값은 팔월 초까지 여행사에 입금하세요."

애초 제주로 오기로 했던 아내는 거꾸로 나에게 북경으로 오라며, 제주에 갈 수 없다는 뜻을 내비쳤다. 가족이 함께하는 모임에 나 혼자 참석해서 삼박사일 동안 보낸다는 것은 여간 껄끄러운 일이 아니었다. 처음부터 참석을 약속한 터라, 이틀은 제주에서 보내고, 나머지 휴가는 북경에서 아내와 지내기로 마음먹었다. 아내 뜻대로 여름휴가 계획이 이루어진 것이다.

여행사에 전화를 걸어 제주에서 북경, 다시 인천으로 오는 항공편을 날짜에 맞춰 예약했다. 계획을 전하기 위해 자랑스럽게 아내에게 전화를 걸었다. 아내는 예상외로 반가워하는 눈치가 아니었다.

"얼마야? 비싸게 돈 들여오지 마. 며칠 있을 건데?"

"나흘 정도, 조금 비싸긴 한데 예약 끝났고, 14일 오전 북경에 도착할 거야"

"알았어. 여기서 함께 갈 수 있는 여행지 찾아볼게."

모든 계획이 순조롭게 진행되는 듯 보였다. 여행사에 항공요금을 입금해야 할 날짜가 다가왔다. 회사 일정과 휴가 사이에 문제가 없는지 마지막으로 확인하기 위해 직원을 불렀다. 내 일정을 이야기하자 직원의 안색이 변했다.

"돌아오는 날 아침에 중요 회의가 생겼습니다. 꼭 참석해야 한답니다."

직원은 말꼬리를 흐리며, 보고서 한 장을 내미는 것이었다. 눈에 들어온 보고서는 나의 북경행을 가로막고 있었다. 모든 일정을 변경해야만 했다. 아내에게 다시 전화를 걸었다.

"알았어. 내몽골로 여행 가려고 준비하고 있었어. 난 몽골 여행가고, 당신은 제주에서 놀아"

아내는 마치 예상했던 사람처럼 아쉬움 하나 없는 목소리로 이야기하는 것이었다.

제주에서 일정을 마치고 돌아오는 비행기는 저녁 여섯 시 출발이었다. 가족 없이 혼자 온 두 명의 동기와 함께 일찍 올라가기로 하고, 일찍 출발하는 비행기 표로 바꿔 예정보다 두 시간을 앞당겨 집에 도착했다. 아내도 내몽골 여행에서 돌아오는 날이었으므로 어떻게 보냈는지 궁금했다. 휴가 동안 내몽골 지역 사정 때문에 전화통화가 이루어지지 않았다. 전화를 집어 들었다.

"나 집에 왔어."

"난 북경에 조금 전 도착했어. 근데 왜 일찍 온 거야? 죄지은 것 있지?"

제주에서 동기들과 함께 광란의 휴가를 보냈을 거라고 아내는 상상하고 있는 듯했다. 뜨거운 팔월 햇볕 아래에서 사흘 연속 이어진 운동으로 피로가 쌓이긴 했다. 아마 그런 내 몰골을 보았더라면 늦게 올라왔다고 핀잔을 주었을 것이다. 우리의 대화는 더 이어지지 못했다. 아내 없이 보낸 여름휴가는 이렇게 아내의 의심으로 끝을 맺었다.

나 혼자였다

아침 날씨는 화창했다. 망월 들판에 들어서자 추수를 끝낸 논이 눈에 들어왔다. 아직 여름이 떠난 것 같지 않은데, 벌써 가을이 눈앞에 다가와 있었다. 여름 내내 강한 햇볕에 시달린 양잔디는 생기를 되찾고, 국화는 꽃을 피우기 위해 제 모습을 갖출 것이다.

커다란 거실문을 열어젖히자 시원한 바람이 이마에 부딪혔다. 간편한 작업복으로 갈아입고 마당으로 내려갔다. 일주일 내내 목말랐던 잔디에 물을 뿌리고 난 후, 텃밭으로 갔다. 때늦게 열린 참외와 토마토를 땄다. 토마토는 때가 지나서인지 껍질이 터져 있었다. 무르익은 채 매달려 있는 포도도 따서 바구니에 담았다. 까만 포도 한 알을 깨물었다. 포도알이 톡 터지며 달콤한 즙이 입안에 퍼졌다. 비료도, 농약도 치지 않았는데 잘 익었다.

아들에게 갖다 줄 요량으로, 참외는 소쿠리에 담고, 껍질이 터진 토마토는 토막 내 밀폐 용기에 담아 설탕을 뿌렸다. 포도도 알이 떨어지지 않게 비닐봉지에 넣었다. 마트에서 본 것처럼 비닐봉지 여기저기에 구멍도 냈다.

일을 마무리하고, 늦은 아침을 라면으로 때우고 나니 몸이 나른했다. 뜨거운 라면 국물 때문인지 몸까지 후끈거렸다. 거실 바닥에 누웠다. 이마를 타고 지나가는 가을바람이 금세 잠을 불러왔다.

마당에서 나는 누굴 부르는 소리에 잠이 깼다. 거실 창 너머 마당에 앞집 사는 개 키우는 노인이 서 있었다. 부스스한 모습으로 현관문을 열고 나아갔다. 집을 내놓았다는 소식을 어디에서 들었는지 집을 보러 온 사람이 며칠 전에 있었다는 것이었다. 몇 마디 주고받고 전화번호를 알려주고는 다시 집안으로 들어왔다. 잠을 설쳐서일까? 머릿속이 텅 빈 것 같은 멍한 느낌이 가시지 않았다.

수리를 끝낸 오디오 앰프가 떠올랐다. 해가 지기 전까지 설치해서, 석양을 벗 삼아 음악을 들으면, 금방 머리가 개운해질 것이었다. 스피커, 턴테이블, 시디플레이어를 앰프와 연결한 후, 늘 들었던 산타나 그룹 시디를 넣었다. 달빛이 흘러넘치는 듯한 'Moon flower'의 기타선율이 온 거실 안에 펼쳐졌다. 오디오 기기 모두가 손을 본 덕에 정상으로 움직였다. 이렇게 한가로운 초가을엔 '해바라기'의 노래가 어울릴 것 같았다. 턴테이블에 레코드판을 올려놓았다. 어느새, 해는 석모도 성주산 뒤로 기울고 있었다. 가을바람과 함께 어둠이 밀려오기 시작했다.

"나는 알고 있는데 우리는… 가고 싶어 갈 수 없고, 보고 싶어 볼 수 없는~"

'내 마음의 보석상자'였다. 갑자기 나 혼자만 이곳에 있다는 것, 내 곁엔 아무도 없다는 사실에 진저리가 쳐졌다. 외로움이 노랫소리를 따라 밀물처럼 다시 밀려왔다. 한동안 시간에 쫓긴 바쁜 생활을 한 탓에 아내의 빈자리를 절실하게 느끼지 않았다. 한편으로는 아내 없는 생활에 잘 적응하고, 익숙해졌다고 생각했다. 외로움은 그동안 마음 한구석에서 정체를 드러내지 않고 있었을 뿐이었다. 감미로운 노랫소리에 끌려 나와 나를 마구 흔들어 댔다.

집 안에 있는 모든 전등 스위치를 올렸다. 땅거미가 내려앉은 마당으로 나갔다. 수도꼭지를 끝까지 틀었다. 호스를 잡고 어둠에 묻혀 있는 잔디밭, 아니 서쪽 하늘을 향해 물을 뿌려댔다. 흩어지는 물줄기에 외로움을 실어 날려버리려는 안간힘이었다.

벌써 일 년

가을걷이가 끝나고 나서도 그런대로 일거리가 남아 있었다. 겨울 초입까지 나무와 화초의 월동 준비 때문이었다. 겨울 한복판인 정월에 들어서자 할 일도 소일거리도 찾을 수 없었다.

늦은 점심을 먹고 난 후, 봉천산에 오르기로 마음먹었다. 일몰 한 시간 전쯤 가면 석양도 보고 사진도 찍을 수 있을 것이었다. 디지털카메라를 배낭에 넣었다. 소나무 숲속에 난 길을 따라 오르기 시작했다. 삼십 년생은 더 되어 보이는 리기다소나무가 해를 가리고 있었다. 시간이 늦은 탓에 산에 오르는 사람이 눈에 띄지 않았다. 산 중턱에 있는 약수터 샘은 여름보다 내뿜는 힘이 약해져 있었다. 바가지로 물을 떠서 입을 행군 후, 한 모금 마셨다. 찬 기운이 목부터 뱃속까지 느껴졌다. 바위로 이루어진 서편 등산로를 따라 봉화대가 있는 정상에 이르렀다.

가지고 온 귤 하나를 까 입에 넣고, 카메라의 스위치를 켰다. 멀리 보이는 석모도 성주산 옆 자락에 걸려 있는 해를 바라보았다. 눈 앞에 펼쳐진 서해는 변립산과 어울려 바다가 아닌 호수처럼 보였다. 두 컷을 찍자마자 카메라 화면이 사라졌다. 배터리를 점검하고 나왔어야 했다. 충전하고 나서 오랫동안 쓰지 않았더니, 전부 방전이 되어버린 것이었다. 하는 수 없이 휴대폰을 꺼내 들었다. 휴대폰 카메라로 고려산부터 교동도까지 풍경을 돌아가며 눌러댔다. 해는 점점 기울어져 갔다. 붉은 기운이 하늘 전체로 퍼져 나갔다.

등산로 입구 주차장에 도착했을 땐 해는 보이지 않았다. 등산화와 모자를 차 뒷자리에 집어 던지고 운전석에 앉았다. 입도 대지 않은 채 배낭 안에 있던 구운 고구마를 꺼냈다. 나뭇재를 손으로 털어내고, 껍질을 벗겨 베어 물었다. 군고구마의 달콤함이 입안에 번졌다. 뜨겁던 유월에 심은 고구마 순이 어느새 큼직한 고구마를 만들어 내고, 이젠 그것이 내 입에 들어오고 있었다.

가끔 아내와 이 산에 오를 때면, 장작 난로 잔불 속에 묻어 놨던 고구마를 꺼내 배낭에 넣고 와서 열기가 식지 않은 속이 노란 군고구마를 정상에서 먹곤 했었다. 마지막 남은 고구마를 입에 넣자, 일 년이란 세월이 빠르게 흘러가 버리고 아내와 떨어져 있던 시간도 벌써 일 년이 다 되어 간다는 사실에 소스라쳤다. 세월의 빠른 만큼이나 재회에 대한 간절함이 더 했다.

마음이 조금씩 심란해지기 시작한 것은 찬 바람이 불어오기 시작하고 마당 잔디가 누렇게 변하면서부터였다. 사람이 한가해 지면 쓸데없는 생각에 빠진다는 옛말이 딱 나에게 맞는 말이었다. 강화에서 보내는 주말이 한가해지면서 증세가 나타나기 시작했다. 여기다가 겨울 초입에 십 년을 살았던 시흥에서 서울로 이사를 하게 되자 더 심해졌다. 내 눈에 비친 모든 사물이 낯설었다. 현관문을 열고 거실 등 스위치를 켜는 순간 나타나는 집안 모습도 예전 집처럼 포근하게 느껴지지 않았다. 일 층 생활에 길들어 있던 난 로열층이라고 하는 높은 집은 공중에 붕 떠 있는 듯한 착각에 빠져들게 했다. 이 낯섦은 잠자리까지 쫓아와 깊은 잠이 들지 못하게 훼방을 놓았다.

아이들이 함께 살지 않기 때문에 굳이 큰 집이 필요하지 않다는 이유로 평수를 줄여서 온 탓에 미처 정리하지 못한 이삿짐도 나를 압박했다. 아내의 도움 없이 나 혼자 할 수 있는 일은 하나도 없었다. 난 아무것도 할 수 없고, 하기도 싫은 무기력에 빠져들었다. 큰 아파트에 혼자 있는 것보다 작은 아파트로 오면 썰렁함이 덜 할 줄 알았다. 오히려 그것은 아내의 빈자리를 훨씬 더 커 보이게 했고, 해를 넘기면서 나의 무기력 증세를 악화시켰다. 틈만 나면 강화에 가서 방과 마당을 넘나들며 얼빠진 사람처럼 빈둥대는 것이 유일한 낙이었다. 그러면서 전화의 내용도 아내의 귀국을 압박하는 것으로 나도 모르게 바뀌고 있었다.

"왜 그래? 잘 지내 왔으면서"

힘없는 목소리로 아내는 나를 달랬다. 여러 벌여 놓은 일 때문에 금방 올 수 없다는 사실을 알면서도 투정을 부렸다. 설을 쇠러 온 아내는 나의 심경 변화가 심각하다는 사실을 눈치챘는지, 설이 지난 후에도 북경으로 가지 않고 이십여 일 넘게 나와 시간을 보냈다. 중국으로 떠나기 전날,

"철수해야겠어. 나도 힘들다고"

나와 함께 지내는 동안 나를 내버려 두고 떠나면 무슨 일이 벌어질지 모른다는 생각을 한 듯했다.

"임대한 아파트 계약이 끝나면 정리하고 귀국할게, 그때까지 기다려"

자신 있게 아내의 중국 생활을 받아들였던 내가 일 년 만에 먼저 백기를 든 꼴이었다. 아내가 하고 싶어 했던 일을 시작하려는 순간 귀국을 강요하고 있다는 사실에 마음은 혼란스러웠다.

'좀 더 버텨볼까?'

전화벨이 울렸다. 아내의 전화였다

"다음 주에 철수할 거야. 집이 나갔어!"

아내는 북경에 도착하자마자 자신의 말대로 집을 내놓고, 모든 것을 포기하고 귀국을 결심한 것이었다. 집이 나갔더라도 집 정리 때문에 한 달 정도 지난 후 귀국할 것이란 나의 예상을 깨고 아내는 일주일 만에 돌아왔다.

"이삿짐은 아는 사람이 부쳐주기로 했고, 여기서 중국에 왔다 갔다 하면서 일할 거야"

나는 아무 말도 할 수 없었다. 아내가 하는 대로 따라갈

수밖에 없었다. 함께 있을 수 있다는 사실이 그동안 나를 괴롭혔던 빈자리를 활짝 핀 함박꽃이 채우기 시작했다.

아버지의 아버지

　여덟 살 터울의 막냇동생 산에서 엄나무 순과 고사리를 꺾어 왔다. 가시가 돋쳐 있는 엄나무에 대해 좀 더 알고 싶어 인터넷을 검색하던 중, 산양삼과 산나물을 설명해 놓은 블로그 속 사진들이 어디에서 본 듯 낯이 익다고 생각했다. 화면을 몇 장 넘기자 산나물과 산촌 생활을 기록해 놓은 동생의 블로그였다.

　블로그에 있는 글 제목을 훑어보다 '아버지의 아버지'라는 제목에 눈길이 멈췄다. 동생의 일기장을 들여다보듯 조심스럽게 화면을 열었다. 성인이 된 그의 아들, 조카를 보며 느낀 감정을 풀어낸 글이었다. 그 속에는 내가 미처 보지 못했던 아버지, 그가 봤던 아버지 모습이 있었다. 피를 나눈 형제라고는 하지만, 한 번도 그의 속을 챙기지 못했다는 자책감과 동생 가슴속에 남아 있는 아버지 모습이 나를 먹먹하게 했다.

　'나의 아버지는 내가 고등학교 1학년 때, 아주 일찍 세상을 뜨셨다. 지금 내 나이보다도 두 살만 더 사시고 돌아가신 것이다. 중학교 때부터 투병 생활을 하시다가 막내가 학교 간 사이에 막내 아들 얼굴도 못 보신 채 돌아가셨다. 소식을 듣고 급히 학교에서 돌아오면서 보았던 집 대문에 걸린 노란 근조 등은 아직도 내 머리 깊숙이 트라우마처럼 남아 있다.

아버지는 자식 다섯 중의 막내아들인 나를 무척 귀여워하고 예뻐하셨다. 우는 아들이 안 쓰러 아들의 손을 잡고 시내에 나가 워키토키를 사 들려주기도 하였으며, 야구를 좋아하던 막내를 위해 대학생 형을 시켜 동대문에서 야구방망이와 글러브를 사다 주시기도 했었다. 사춘기 이후 아버지라는 존재가 어떤 모습인지 학습되지 않았다. 단지 아프신 아버지만 기억할 뿐.

식구들과 저녁 식사를 하면서 아들에게 말했다.

"아들아! 아빠는 아빠의 아빠가 일찍 돌아가셔서 성인이 된 아들에게 아빠라는 사람이 어떻게 해야 할지 잘 모른다. 그러니 혹시 앞으로 아빠가 너에게 하는 행동과 말 중에 거슬리는 게 있다면 언제든지 말해라. 언제든지 다시 생각해 보마. 그것은 아빠의 교육 방식이 아니라 몰라서 그렇게 하는 것일 테니까. 아빠가 조금은 미숙해도 이해해." 내 아버지라면 이 순간에 어떻게 하셨을까?'

그가 말한 대학생 형은 바로 나였다. 야구를 한다며 졸라대는 통에 아르바이트로 번 돈으로 야구 배트와 글러브를 사다 주었다. 병환 중에 있던 아버지에게 해드린 소고기볶음도 늘 그의 차지였다. 부러움의 대상, 사랑을 독차지했던 그에게 이런 고민과 슬픔이 있었다는 것을 알지 못했다. 그가 어렵고 힘들어했던 시기에 나는 군 복무와 결혼생활에 그와 함께 한 시간이 거의 없었다. 아버지를 가슴 깊이 기억하는 아들이 나뿐이 아니었다는 생각에 미치자, 글을 다시 한번 찬찬히 읽어 나갔다. 막내가 기억하는 아버지의 흔적을 다시 찾기 시작했다.

내가 성인이 되어 아버지와 지낸 햇수는 오 년이 채 안 된다. 아버지는 말없이 늘 환한 미소로 나를 대했다. 막내가 성인이 되었을 때까지 살아계셨다고 해도 내게 보인 모습 그대로 이었을 것이다. 내 아이를 키우면서 말없이 지켜보는 교육방법도 아버지를 보고 배운 것이다. 아버지란 가르치는 존재가 아니라 보여주는 존재란 것을 문득 깨닫는다.

장교 후보생 훈련 중 아버지가 위독하다는 전보를 받기 전날 밤, 동생이 봤던 그 근조 등을 꿈에서 보았다. 훈련소에서 집으로 올라온 지 이틀 후 아버지는 돌아가셨다. 맥이 멎고 숨이 떨어졌는데도 아버지는 눈을 감지 못했다. 막내가 대문을 열고 들어서는 소리를 듣고, 손으로 아버지의 눈을 쓸어내렸다.

"막내 왔어요. 아버지~"

제사

　형수의 우울증이 심각하다는 전화가 걸려 왔다. 어머니에게 한 번도 하지 않던 말대꾸를 마구 하고, 살림에는 전혀 신경을 쓰지 않을 뿐 아니라, 다른 식구들과 말을 하지 않는다는 것이었다. 손자까지 보고, 예순이 넘은 형수를 여전히 어린 며느리 부리듯 하는 어머니에 대한 불만과 오랜 시집살이에서 온 스트레스가 우울증을 불러왔음이 분명했다. 한집에 어머니와 형수가 함께 있다가는 좋지 않은 일이 벌어질지도 모른다고 형은 걱정했다. 어머니도 형수 모습이 예전과 달라, 같이 있기가 무섭다고 이야기했다는 것이다.

　형수는 시집와서 지금까지, 까다롭고 가시 돋친 언사를 마다하지 않는 홀시어머니를 모시며, 삼시 세끼 밥상을 차려 받쳤다. 시집온 지 이태 만에 시아버지가 돌아가신 후, 어머니와 함께 네 명이나 되는 시동생과 시누이, 그리고 자신의 두 아들까지 묵묵히 키워낸 사람이었다.

　형수의 병은 마음에 맞지 않는 어머니를 삼십여 년 모시면서 생긴 마음의 병이었다. 형수가 하고 싶어 했던 취미 생활이나, 심지어 밖에 나가 돈을 버는 일조차 어머니는 살림이나 하라며 매번 반대했다. 가족 누구 하나 형수를 거들지 않고 형수의 발목을 잡는데 한몫했다. 모든 집안일, 어머니 모시는 궂은일까지 형수에게 떠맡김으로써 둘째인 나를 포함한 동생들까지 집안에 대한 걱정 없이 지낼 수 있었다. 형수는 모든 고통을 혼자 떠안는 대신 마음의 병은 점점 깊어간 것이었다.

아내의 우울증 경험에 비추어 볼 때, 병을 치료하는 방법은 형수가 하고 싶어 하는 일을 하도록 해주고, 일상생활에서 여유를 가질 수 있도록 어머니와 떼어 놓는 것이었다. 형수의 병이 나아질 때까지 어머니를 다른 곳으로 모시는 일이 급선무였다.

이런 일이 생기면, 둘째인 내가 어머니를 모셔야 할 일이었다. 아내가 학원을 한다는 핑계로 모시기 어렵다고 시간이 날 때마다 이야기했고, 나와 성격이 맞지 않는다는 말로 책임을 회피했다. 내가 지고 가야 할 짐을 동생들에게 떠넘길 궁리만 하고 있었다. 싱가포르에 사는 큰 여동생이 이런 사실을 전해 듣고 어머니를 모시겠다고 나섰다. 어머니도 큰딸하고 지내면 좋겠다고 동의했다. 싱가포르에 갔던 어머니는 보름을 넘기지 못하고 다시 돌아와 굳이 큰아들 집에 있어야겠다고 고집을 부렸다.

어머니가 싱가포르에 가 있는 동안 형수는 서울에 직장을 얻어 출근하기 시작했다. 직장이라기보다는 시간을 보내며 사람들과 교유하는 곳이었다. 그리고 아버지 제사를 이제부터는 못 모시겠다고 선언했다. 형수가 겪고 있는 모든 고통, 둘째 아들의 발달 장애, 형 일이 제대로 되지 않는 것 모두가 제사 때문이라고 믿고 있었다. 제사를 우상숭배로 배격하는 교회교리와 제사 사이에서 견디기 어려운 심적 갈등을 겪은 게 틀림없었다. 형수에게 교회는 시집살이의 어려움을 참고 견디게 해준 유일한 곳이었다.

형은 조심스럽게 이제부터 제사와 차례를 지내지 않는다고 말하면서 이해해 달라고 했다. 제기는 물론 제사에 쓰였던 물건들을 모조리 쓰레기통에 내던져 버리는 형수의 모습을 본 어머니도 큰 충격을 받고, 제사로 인한 더 큰 분란을 막기 위해 동의했다고 했다.

차례와 제사에 필요한 상차림 대부분을 우리가 마련했지만, 받아드릴 수밖에 도리가 없었다. 살아계신 어머니를 모시는 일이 돌아가신 아버지를 모시는 것보다 더 중요했다. 제사를 지내지 않는 것으로 결정 나고, 어머니와 마주하는 시간이 줄면서 형수의 우울증은 점차 완화되기 시작했다.

삼십여 년을 모셨던 제사가 하루아침에 사라져 버린 것이 내겐 섭섭했지만, 내색할 수 없었다. 손녀, 손자가 커갈수록 지금 맛보고 있는 행복이 아버지의 음덕이라는 생각이 들며 죄책감까지 들었다.

아버지는 오십오 세 젊은 나이에 세상을 등졌다. 그때 난 스물다섯 살 군인이었다. 세상 떠날 때 아버지 나이보다 지금 내 나이가 더 많다는 사실을 떠 올릴 때마다 목이 멘다. 늘 대견하게 말없이 나를 바라보던 아버지, 비록 이승엔 계시지 않지만 따뜻한 밥 한 공기, 국 한 그릇, 그리고 술 한잔 대접하고 싶다. 제사 형식이든 아니든 아버지가 좋아하던 음식을 차려 놓고, 마주 보며 이야기하고 싶다.

2부
달빛을 빨아들이는 집

사십 중반부터 오십 후반까지 강화에서 십삼 년을 보냈다. 달빛을 빨아들이는 우리 집 마당은 고양이, 청개구리, 두꺼비, 풍뎅이 놀이터였다. 사철나무 울타리를 따라 자란 조팝나무, 배나무, 앵두, 팥꽃나무, 영산홍, 장미, 찔레, 해당화는 봄부터 꽃을 피웠다. 북쪽엔 호두나무, 동편엔 대나무, 서쪽엔 곰솔, 남쪽엔 주목과 반송이 집을 지켰다. 마당 화단에는 작약, 목단, 수련, 옥잠화, 글라디올러스, 목화, 소국 꽃이 계절 따라 폈다. 이렇게 많은 나무와 꽃이 있었지만, 제일 예쁘고 아름다운 것은 손녀와 손자였다. 강화를 떠날 때쯤 손자는 부지깽이로 사랑채 아궁이를 휘젓고, 고양이에게 막대기를 휘두르기 시작했다.

그곳을 떠날 줄 알았다면 그 많은 나무와 꽃에 정을 쏟지 않았을 것이다. 십삼 년 동안 꽃과 나무가 내 벗이고, 개구리와 지렁이 우는 소리와 함께 댓잎을 흔드는 바람 소리가 내 음악이었다. 잔디 깎는 기계, 전지가위, 예초기, 분무기, 엔진 톱, 장작 난로는 철 따라 찾아와 나를 힘들게 한 짓궂은 친구였다. 그곳은 나의 작은 왕국이었다.

청개구리

"개구리 있어요?"

저녁을 먹고 난 아이가 나에게 물었다. 간간이 들려오는 개구리 울음소리를 듣고, 밖에 나가면 볼 수 있다고 생각했나 보다. 강화에 오면 언제든지 만날 수 있는 것으로 아이의 기억 속에 개구리가 자리 잡고 있음이 분명했다.

지난 4월 초에 왔을 때만 해도 개구리 이야기를 꺼내지 않던 아이였다. 바깥에서 들려오는 개구리 울음소리가 아이의 기억을 깨워준 것이었다. 마당엔 어느새 어둠이 내려 앉아 있었다.

"어두워서 볼 수가 없어. 우리가 보려고 가면 개구리가 도망가는데~"

아이의 손을 잡고 계단 아래 마당으로 내려갔다. 어둠이 무서운지 아이는 내 옆으로 바싹 다가섰다. 개구리 울음소리는 더욱 선명하게 들려 왔다. 개구리를 볼 수 없다는 것을 안 아이는 하늘을 가리켰다.

"달이다!"

"달이 뭐 같아?"

"수박 껍질 같아요!"

"아~~"

아이의 대답에 할 말을 잃어버렸다. 난 지금까지 초승달은 눈썹 모양이라고 단정하고 있었다. 다른 모양을 생각해 보지도 않았고, 아이의 대답이 그 범주를 벗어나리라고 상상도 하지 못했다. 사람의 눈썹이 초승달 같은지 눈여겨보지도 않았다. 책에서 배운 대로만 보고 살았다.

어둠이 깔린 마당에서는 재미난 일이 없다고 느꼈는지 아이는 현관 계단을 올라 거실로 들어가 버리는 것이었다.

다음날, 수련이 자라고 있는 수반 모서리에 청개구리가 햇볕을 즐기는 모습이 눈에 들어왔다. 아이를 불렀다. 어젯밤 보고 싶어 했던 청개구리였다. 반가운 목소리로 아이는 소리쳤다.

"청개구리다!"

아이가 떠들고, 카메라를 들이대도 청개구리는 꿈적도 하지 않았다. 자기를 해치지 않는다는 것을 알고 있는 듯했다. 아이는 청개구리를 말없이 한참을 보고 있었다. 아이 눈에는 분명 연두색 개구리인데 왜 푸른색(靑) 개구리라고 하는지 그 이유를 찾고 있는 듯했다.

봄비

비바람이 몰아칠 거라는 예보였다. 베란다에 있는 비료 포대를 여미어 놓고 바람에 흔들려 소리가 날 만한 것들을 단단히 묶었다. 비 내리는 밤, 바람 소리와 함께 들려오는 음산한 소리는 잠자리에 들면 유독 잘 들려 소름이 돋을 정도로 무서움까지 밀려왔다. 그럴 때마다 두려움을 무릅쓰고 밖에 나가 보면, 나뭇가지나 빈 비닐포대들이 바람에 서로 부대끼며 내는 소리가 대부분이었다. 밤에 비바람이 친다는 예보가 있는 날이면, 편한 잠을 위해서 소리가 날 만한 것을 치우거나 묶는 것이 일상사가 되어버렸다. 혼자 자는 것이 두려워 생긴 버릇인지도 모른다.

밤새 내리는 봄비는 모종을 내어 심은 옥수수와 직접 씨를 뿌린 옥수수 모두에게 이롭다. 비가 오지 않았다면 뜨거운 햇살 아래에서 혼자 낑낑대며 물을 주어야 했다. 가로등 불빛이 훤히 들어오는 큰 방을 피해 작은 방에서 잤다.

참새 소리에 잠이 깼다. 화창하게 갠 아침을 기대하며, 창문 커튼을 열어젖혔다. 비는 계속 내리고 있었다. 비 오는 날엔 참새는 처마 밑에 앉아, 아무 소리도 내지 않고 가만히 비를 피하고 있는 줄 알았다. 아침이 되면 그들도 우리처럼 아침을 준비하고 있었다. 비가 오는 날이나 화창하게 갠 날이나 할 일을 다 하는 것이다.

옷을 입고 마당으로 나갔다. 공기가 싸늘했다. 얼른 웃옷을 더 입고 밭으로 갔다. 지난번에 옮겨 심었던 강낭콩은 거의 다 살아 있다.

마늘밭에 뿌려 놓은 허연 요소비료도 빗물에 녹아 스며들었는지 보이지 않는다. 이젠 마늘도 제대로 자랄 것이다. 날이 개면 물에 불려 놓은 옥수수를 남은 밭에 마저 심고, 싹을 틔운 조롱박과 수세미도 안채와 사랑채 앞에 심어야겠다.

봄비가 내리는 이때, 작물의 뿌리가 잘 내리는 때를 놓치면 올해 농사도 낭패를 볼 것이다. 봄비가 낭만적이긴 하지만, 농부에겐 몸을 고달프게 하는 손님이란 것을 이제야 깨달았다.

감자

    날이 풀리자 지대가 낮아 습한 집 앞 공터를 흙으로 메우기 시작했다. 동네 사람이 덤프트럭에서 흙을 쏟아 내는 것을 보면서, 산에서 실어온 흙이라 밭작물이 잘 될 거라고 부러워했다. 조선 숙종 시대 바다를 막아 갯벌을 농지로 만든 이 동네는 온통 논뿐이고, 밭이라 해봐야 집 옆에 붙어 있는 텃밭 정도였다. 밭 흙도 진흙처럼 입자가 고와 심어 먹을 만한 밭작물이 마늘 이외엔 흔치 않다고 했다.

    새로 만든 밭에 무엇이든 심고 싶어 안달이 났다. 이렇게 이른 봄에 무엇을 심어야 하는지 알 수 없는 노릇이었다. 이런저런 궁리를 한 지 얼마 지나지 않아 마을 초입에 있는 밭이 검은 비닐에 덮여 있는 모습이 눈에 띄었다. 삼월 초에 심는 것은 감자밖에 없다고 옆집 할머니가 귀띔을 해주는 것이었다.

    강화에서 제법 큰 농사를 짓고 있는 조카 집으로 갔다. 자초지종을 이야기하자 심고 남은 씨감자 반 박스를 주며, 심는 때가 조금 늦은 것 같으니 조금 더 기다렸다가 다른 작물을 심으라고 조언했다. 조카의 말을 무시하고, 밭을 일구기 시작했다. 일주일 정도 늦은 것은 문제가 되지 않을 거라고 확신했다.

삽과 괭이만으로 밭이랑과 둔덕을 일군 다음, 쭈그리고 앉아 씨감자를 심었다. 한두 개도 아니고 백여 개나 되는 씨감자를 심는 일은 여간 힘이 드는 게 아니었다. 일도 더디고, 모양도 엉성했다. 다른 밭처럼 밭두둑을 검은 비닐로 덮지 않고 그대로 심었다. 자라는 잡초를 손으로 뽑아내면서 친환경으로 감자를 키우면 된다고 생각했다. 읍에 나가 비닐을 사 오는 것이 귀찮아서 택한 방법이었다.

감자를 심은 지 열흘이 지나도 우리 밭은 어떤 기미도 보이지 않았다. 검은 비닐도 없이 그냥 심었기 때문에 싹이 나면 쉽게 눈에 띌 것이었다. 마을 초입 감자밭은 이미 짙은 녹색으로 변하고 있었다.

옆집 할머니에게 조언을 구했다. 검은 비닐로 둔덕을 덮는 것은 잡초와 해충으로부터 작물을 보호하는 것도 있지만, 싹을 틔우는데 필요한 습기와 온도를 유지해주는 역할을 한다는 것이었다. 여기에다 삼월에 심는 감자의 경우, 월동을 마친 땅강아지의 먹이로 안성맞춤이기 때문에 그들이 먹지 못하도록 흙을 일굴 때 반드시 토양 농약을 쳐야 한다는 말도 덧붙였다.

급한 대로 읍에 나가 비닐을 사서 둔덕에 씌웠다. 감자를 심은 곳에 구멍을 냈다. 옆집에서 얻은 농약도 구멍마다 조금씩 뿌렸다. 응급처치해서라도 감자를 수확하고 싶었다. 주인을 잘못 만난 감자는 양분도 없는 맨땅에 남들보다 열흘이나 늦게 심어진 후, 보살핌도 받지 못한 탓에 키도 모양도 다른 집 감자의 반 정도밖에 자라지 않았다. 감자를 심은 지 삼 개월 후, 감자를 캤다. 때를 놓치고, 자랄 수 있는 환경을 만들어 주지 못한 대가는 참혹했다. 달걀과 메추리 알 크기밖에 안 되는 감자 두 바가지였다.

다음 해, 남보다 먼저 밭을 일구고, 퇴비와 유기질 비료를 뿌려 놓았다. 비닐을 씌우고, 좋은 씨감자를 확보하여 삼월 초에 심었다. 오월이 되자 보라색 감자 꽃이 피기 시작했다. 어릴 때 보았던 감자 꽃을 우리 밭에서 보게 될 줄이야. 지난해 실패를 거울삼아 일찍 부지런 떨며 일한 결과였다.

장마가 오기 전에 걷어 들인 감자는 다섯 박스나 됐다. 그 해 농사의 첫 작품이자 가장 잘 된 것이었다. 장맛비가 내리는 날, 갓 쪄내온 감자는 파실파실한 맛으로 내가 한 수고를 위로하며, 작년의 실수를 만회하고도 남았다.

이제부터 사서 먹을래

콩을 거둔 밭에 마늘을 심기로 했다. 마른 콩잎과 고구마 줄기를 모아 불을 놓았다. 연기가 하늘로 피어올랐다. 아내는 연기를 피해 이리저리 자리를 옮겼다.

"가만히 있어! 가을 냄새를 맡아 보라고"

교과서에 실렸던 '낙엽을 태우며'라는 수필을 읽고 상상했던 풍경과는 거리가 있지만, 냄새만큼은 가을이었다.

삽과 괭이만을 갖고 밭을 일구기는 쉽지 않았다. 내년엔 관리기라도 한 대 사야겠다고 혼자 중얼거리자, 그동안 반대했던 아내는 밭에 흙을 들여놓고 나서 그리하자고 했다. 실제로 하니 힘이 드는 모양이었다.

마늘밭을 덮을 볏짚 크기를 생각해서 고랑을 만들었다. 서너 접 정도는 수확해야 우리 가족이 먹을 수 있는데, 우리가 만든 밭의 크기로 그게 가능할지 일단 심어 보기로 했다.

마늘 한 쪽에 마늘 한 뿌리가 생기니까 반 접은 심어야 했다. 십일월에 심어 겨울을 거쳐 오월 말에 가야 수확할 수 있으니, 다른 작물에 비교해 긴 기다림을 요구한다. 추운 겨울을 보내는 탓에 하늘의 기운과 오랫동안 땅의 기운을 듬뿍 머금게 될 것이다. 그래서 마늘이 향이 진하고 몸에 좋은 이유가 아닐까. 유월에 마늘을 엮어 말리는 풍경을 볼 수 있으려나.

늦가을, 아내는 힘들게 혼자 마늘을 심었다. 그래서인지 내가 잔디에 집착하는 것 이상으로 마늘밭에 애정을 쏟았다. 그 애정은 마음뿐, 다른 집에 비교하면 보온 관리도 거름도 제대로 해주지 못했다. 그래도 마늘은 추운 겨울을 견디고 초록빛 싹을 내밀었다.

마을에 들어서면서 차창 너머로 본 다른 집 마늘처럼 자랐을 거란 기대는 여지없이 무너졌다. 우리 밭 마늘은 다른 밭 마늘과 달리 잎끝이 노랗게 변해있었다. 일주일 전 뿌리고 간 요소비료도 땅에 스며들지 않고 그대로 하얗게 밭을 덮고 있었다. 지나던 청년회장이 말을 건넸다.

"비료를 너무 많이 준 것 같네요."

비라도 내렸더라면 괜찮았을 거란 말과 함께 물을 듬뿍 주란다. 이럴 줄 알았다는 내 말에 아내는 뿌릴 때는 아무 말도 하지 않더니 그런다고 눈을 흘겼다. 호스를 길게 늘여 밭 근처까지 끌고 갔다. 하얗게 덮인 밭에 물을 뿌리기 시작했다.

물을 주고 있던 아내는 비료를 뿌릴 때 너무 적은 것 같아 더 뿌린 것이 화근이 되었다고 중얼거렸다. 마늘에 대한 미안함과 잘 자라게 해야 한다는 욕심이 원인이었다. 아이를 키우는 것도 이와 비슷하다는 생각이 들었다. 과잉보호가 방임보다 더 무서움을 보여주고 있는 듯했다. 작년 봄 감자 농사를 망쳤던 같은 밭에서 올해는 마늘 농사가 망가질 것 같은 예감이 머리를 스쳤다.

"다음부터는 마늘 사 먹을 거야"

물주기를 끝내며 아내는 이렇게 투덜거렸다.

다른 집 마늘이 쑥쑥 자라는 사이, 우리 밭 마늘은 드문드 문 보일 뿐 밭에는 잡초가 허리춤까지 자랐다. 비료는 잡초 에만 충분한 양분이 되어 자신의 역할을 충실히 한 대신, 연 약한 마늘을 말라 죽게 했다. 그나마 살아남은 마늘도 잡초 때문에 제대로 자라지 못했다. 대신 잡초는 너무 억세게 자 란 탓에 낫으로 베기조차 어렵게 되어버렸다. 울타리용 나 무를 심으러 온 후배가 밭에 자란 잡초를 보고 한심했는지, 예초기를 추천해줬다.

며칠 후 예초기로 잡초를 잘라낸 다음, 호미를 이용하여 얼마 남지 않은 마늘을 찾아 캐냈다. 아내 말로는 두 접 정 도 심었다고 하는데, 캐어 낸 것은 반 접도 되지 않았다. 마 늘의 씨알도 다른 집 마늘보다 훨씬 작았다. 삼겹살 먹을 때 쌈에 얹어 먹기에 적당하다며 아내는 중얼거렸다.

대 어섯 접의 마늘을 기대했던 우리는 농네에서 마늘을 사 먹기로 작정했다. 아내는 우선 한 접만 산다고 앞집에 가 더니 두 접을 들고 오는 것이었다. 한 접은 돈 주고 사고 한 접은 얻었단다. 조금 지나자 옆집에서도, 건넛집에서도 정성스럽게 말린 마늘을 마당에 던져 놓고 가는 것이었다. 지난 설 때 받은 양말 선물에 대한 보답이라고 했다. 힘들게 심었지만 다른 집과 비교할 수 없을 정도로 허접하고, 비료가 하얗게 뿌려져 잡초에 묻혀 버린 우리 마늘밭이 마늘을 얻는데 한몫한 게 분명했다.

장맛비에 질펀해진 마늘밭에서 삽과 괭이를 이용하여 잡초 뿌리를 제거하고, 그곳에 콩을 심었다. 심는 모습을 본 동네 사람이 밭에 풀약을 주라며 지나갔다. 풀약을 미리 뿌리고 난 다음 작물을 심어야 잡초가 자라지 않는다고 했다. 유난히 우리 밭이 잡초에 덥혀 있는 모습이 보기 싫은 모양이었다. 농약을 사용하지 않고도 콩을 키울 수 있다는 자신감에 조언을 무시하고, 콩 심기를 마쳤다.

한 달 후, 칠갑산 노랫말 한 구절 한 구절을 뼈저리게 느끼며, 콩도 사 먹기로 했다. 뜨거운 한여름, 잡초와의 끝없는 전쟁에 몸은 녹초가 되었다.

'콩밭 매는 아낙네야~ 베적삼이 흠뻑 젖는다.'

고구마

오랜만에 만난 친구는 나를 보자마자 고구마 캘 때를 넘기면 안 된다고 아는 체했다. 초보 농부인 데다 바빠서 제대로 밭일을 하지 못하고 있으리라 생각하고 있음이 틀림없었다. 헤어질 때도 다시 한번 고구마 캐는 때를 일깨워 주는 것이었다. 분명 자기가 말을 하지 않으면, 맛이 가버린 고구마를 내가 캘 것이라고 믿는 듯했다.

찬 기운이 퍼지기 전, 즉 서리가 내리기 전에 고구마를 캐야 한다는 것쯤은 나도 알고 있었다. 한 뼘도 안 되는 텃밭을 일구는 주제에 자기가 프로농부인 양 카페에 글을 써놓은 것을 볼 때마다 배알이 뒤틀렸었다. 친구의 최근 글에 이번 주말에 고구마 캔다고 댓글을 달아 놓았는데, 보지 못하고 훈수를 둔 것이었다.

여름내 지란 잡초와 고구마 줄기가 서로 엉겨서 걷어내기가 수월치 않았다. 낫으로 고구마 밑동을 잘라내고 잡아당겼다. 세 고랑 정도 하고 나니 목이 마르고, 힘이 달렸다. 고구마 줄기를 당길 때마다 힘에 겨운 신음이 저절로 나왔다.

책상머리에만 앉아 있던 몸이 농사일엔 버거울 거라고 예상은 했지만, 이렇게 힘들 줄 몰랐다. 고구마 줄기를 다 걷어내고, 고랑에 털썩 주저앉았다. 그것도 잠시, 고구마를 캐고 있던 아내의 잔소리에 호미를 집어 들었다. 줄기가 제거된 고구마 밑동 아래를 깊게 파냈다. 호미 끝에 무엇인가가 걸리는 감이 왔다. 고구마가 호미 날에 상처가 나지 않게 조심스럽게 파냈다. 겉에 상처가 나면 금세 썩어 버리기 때문이다.

불어오는 가을바람이 상쾌했다. 맑은 하늘 아래에서 내가 심고 가꾼 고구마를 흙 속에 꺼낼 때마다 신비한 물건을 얻은 것처럼 행복했다. 일 년 중에 이런 날이 얼마나 될까. 다섯 박스를 수확했다. 잡초가 무성했던 밭에서 고구마는 자기 할 일을 굳건하게 해낸 것이었다.

고구마 줄기를 정리하고 있는 밭으로 아내가 햇고구마를 쪄 내왔다. 커피 한 잔을 곁들이자 늦은 점심으로는 안성맞춤이었다. 밭일로 노곤했던 몸이 따뜻한 고구마 한입에 회복되기 시작했다.

목화를 심다

　가을 햇살에 빛나는 하얀 목화송이가 카트를 타고 이동하던 내 눈에 띄었다. 골프장에서 관상용으로 심은 목화였다. 어릴 때 친구를 만난 듯 반가웠다. 만남의 증표를 남겨 놓아야겠다고 생각했다. 카트에서 내려 얼른 활짝 벌어진 송이 하나를 땄다. 내 거친 손길을 마다하지 않고 순순히 받아들인 목화는 화려한 모양도 진한 향도 없이 따뜻함만 갖고 있었다. 주변에 있던 누구도 내 행동에 관심을 보이지 않았다. 길옆 화단에 잔뜩 피어 있는 꽃 같아 보이는 것이 무엇인지, 내가 그걸 왜 땄는지 알려고도 하지 않았다.

　목화송이는 솜이 씨를 감싸고 있는 것인지, 씨가 솜을 움켜잡고 있는 것인지 까만 씨와 하얀 솜이 서로 엉겨 붙어 있다. 엄지와 검지를 이용해 솜에서 씨를 하나씩 떼어냈다. 이듬해 봄, 종이컵에 상토를 담아 목화씨를 심었다. 베란다 양지바른 곳에 두고 싹이 올라오기를 기다렸다. 대부분 씨앗은 일주일 정도면 싹이 트는 것이 보통인데, 일주일이 지나고 이주 일이 지나도 어떤 변화도 보이지 않았다.

이십여 일이 지난 후, 손으로 상토를 헤집고 씨앗을 꺼냈다. 겉은 멀쩡했지만, 손가락으로 집어 힘을 주자 속이 삐져나오며 역한 냄새가 났다. 싹을 틔우지 못하고 썩어 있었다. 물도 충분히 주고, 온도도 발아하는데 적당했는데, 싹이 트지 않고 썩어 버린 이유를 알지 못했다. 뒤늦게 목화 자신이 쳐놓은 장벽, 씨에 붙어 있는 솜과 기름이 발아에 필요한 수분 흡수를 막았기 때문이란 사실을 알았다. 씨앗을 심기 전에 겉에 있는 기름을 제거하고 심어야 했다. 옛날에는 나뭇재에 씨를 버무려 두었다가 심었다고 한다. 제멋대로 땅에 내려앉아 싹이 트는 잡초와 달리 사람의 손길이 필요한 것이 목화였다.

목화씨 발아에 실패한 후, 목화와 다시 만나기를 고대하며 사방을 뒤져 찾기 시작했다. 책과 종이가 여기저기 널브러져 있는 책상에 앉아 마우스를 이리저리 움직였다. 기껏 찾았지만 대부분 파종 시기가 지난 내용이었다. 인연은 우연히 맺어진다고 하지 않았던가. 산나물을 소개하는 블로그에서 모종 한판을 구했다. 택배로 온 모종의 몰골은 엉망이었다. 일부는 줄기가 꺾이고, 쏟아진 흙에 잎은 상처투성이였다. 심하게 다치지 않은 열댓 개를 골라냈다. 만나기 어려웠던 만큼 다시 만났다는 사실이 믿기지 않았다. 화단에 조심스럽게 옮겨 심었다. 비바람이 칠 때마다 마음을 졸이며, 제대로 뿌리 내리길 바랐다. 웬만큼 자라기까지 비바람에 줄기가 쉽게 꺾이고, 병충해에도 약하다는 사실을 알았다.

질 좋은 화학 섬유가 등장하고, 따뜻한 소재의 솜들이 범람하는 요즘, 목화는 사람들의 기억에서 점점 사라지고 있다. 솜바지 저고리, 솜이불, 무명옷, 천 기저귀 등은 이젠 볼 수 없는 귀한 물건이 되어버렸다. 눌린 솜을 도톰하고 풍성하게 만들어 주던 솜틀 집이 지금까지 남아 있는지도 알 수 없다. 목화의 쓰임새가 많이 줄어들었다고 하지만 은밀하고, 중요한 신체 부위를 감싸는 소재로 아직도 이용되고 있다는 사실이 목화 키우기에 집착하도록 했는지도 모를 일이었다. 목화를 심었던 경험도 없고, 그저 하얗게 핀 목화를 보며 예쁘다고 생각한 것이 전부였던 내가 드디어 곁에 두고 대화를 나누기 시작했다. 한해살이풀인데도 여러 해를 사는 나무를 연상시키는 목화(木花)가 화단 한자리를 차지했다.

햇볕이 뜨거워지면서 목화에는 연한 베이지색 꽃이 피기 시작했다. 꽃잎 색이 연분홍으로 변할 무렵, 꽃잎 아래 씨방의 배가 불러오더니 꽃잎이 떨어졌다. 그 자리엔 녹색을 띤, '다래'라고 불리는 열매가 모습을 드러냈다. 벌, 나비와 치른 대낮 정사의 결과였다. 시간이 지나자 잔뜩 불거진 다래는 누렇게 변하면서 네 개의 실금을 경계로 벌어졌다. 하얀 솜이 네 개의 방에서 세상 밖으로 얼굴을 내밀었다. 까맣고 끝이 뾰족한 씨를 솜이 감싸고 있었다. 햇빛과 시간이 꽃송이를 이렇게 솜으로 탈바꿈시켰다.

서리가 내릴 때까지 목화는 끊임없이 하얀 목화송이를

만들어 냈다. 자연이 이룬 조화에 넋을 잃고 있을 때, 문득 목화를 이용하는 동물은 인간밖에 없다는 생각이 들었다. 온도와 습도만 맞으면 싹이 트는 다른 식물과 달리 사람의 손길이 닿아야만 싹이 트고 자란다. 목화는 이런 사실을 알기 때문에 사람만 이용할 수 있는 송이를 만들어 내는 것인지도 모를 일이다. 대부분 식물의 열매나 씨앗은 동물의 먹을거리가 되지만, 목화송이를 먹는 동물이 있다는 이야기를 듣지 못했다. 목화 잎을 갉아 먹는 곤충의 애벌레가 가끔 눈에 띄긴 하지만, 오직 인간만이 목화에서 솜을 따고, 실을 뽑아내 옷을 만든다. 목화는 오로지 사람을 위해서 자신의 몸이 추위에 얼어붙는 순간까지 목화 다래를 만들어 낸다. 푸른빛이 도는, 익지도 않은 채 얼어 죽은 다래 속에도 솜이 가득하다.

화단에서 늦가을까지 수확한 목화솜이 조그만 바구니를 가득 채웠다. 손에 전해 오는 하얀 솜의 포근함은 자연이 준 선물이었다. 다음 해 봄, 유난히 목화송이가 크고, 하얀 것을 골라 한 움큼 정도 씨앗을 빼냈다. 내 손으로 채취한 씨앗의 싹을 틔우고 싶었다. 씨앗을 반으로 나눠 한쪽은 콜라, 한쪽은 세제를 푼 물에 담갔다. 댓 시간 후, 손으로 씨앗을 비벼 댔다. 잔털과 기름기를 제거하는 방법으로 구하기 힘든 묽은 황산과 나뭇재를 콜라와 세제로 대신했다.

모종판에 상토를 채우고, 물을 흠뻑 준 다음, 목화씨의 뾰족한 부분이 아래를 향하도록 해서 한 칸에 하나씩 심었다.

뾰족한 부분에서 뿌리가 나오는 것을 인터넷 지식에서 알아냈다. 양지바른 곳에 둔 지 열흘이 지나자 모종판에서 싹이 보이기 시작했다.

바구니에 가득 담긴 하얀 목화송이가 거실장 위에 놓여 있다. 목화가 우리 집 마당 화초로 자리 잡았다는 표시이다. 내년 봄엔 목화를 보고 좋아했던 사람들에게 채취한 씨앗과 심다 남은 모종을 나누어 주어야겠다. 목화송이를 보면 나처럼 포근한 꿈을 꾸며 행복할 테니까.

조롱박

　평상 위에 올려놓은 조롱박에 검은 반점처럼 생긴 곰팡이가 피었다. 바깥에 둔 것이 원인인 듯했다. 물에 담가 수세미로 닦아냈다. 검은 반점을 제거하려고 몇 번씩 수세미질을 했다. 색깔만 옅어질 뿐 그대로 남아 얼룩이 되었다.

　매년 앞뜰에 심던 조롱박은 손에 들어올 정도로 작았다. 모양도 예쁘고, 단단했던 조롱박 씨앗을 손질할 때 받아 놓았었다. 그 씨앗을 찾을 수가 없었다. 할 수 없이 종묘상에서 파는 모종을 심었다. 그런데 모양은 조롱박이었지만 크기가 조롱박이라고 하기엔 너무 컸다.

　그래서인지 손질하는 것도 여간 힘이 드는 것이 아니었다. 톱으로 반을 잘라 삶아 내는 데도 솥에 세 개밖에 들어가지 않아 몇 번을 삶아 내야 했다. 꺼내 찬물에 담가 식힌 후 속을 파내고, 겉에 덮여 있는 얇은 껍질을 칼로 긁어 벗겨 내는 데도 많은 시간이 걸렸다. 껍질을 벗겨 내야만 겉이 매끄럽고, 옅은 노란색을 띤다.

　손질을 끝낸 조롱박들을 데크에 있는 평상 위에 널어놓

앉다. 전에는 마른 수건으로 물기를 닦아 낸 후, 거실에 종이를 깔고 그 위에 올려놓았었다. 비가 오지 않으면 방이나 바깥이나 마르는데 차이가 없다고 생각했다. 바다에서 불어오는 습한 바람과 새벽안개가 조롱박 겉에 검은 곰팡이를 피게 한 원인이었을 것이다. 모종 선택부터 마지막 손질까지 한 가지라도 소홀히 넘겨 선 안 됨을 얼룩진 조롱박이 보여 주고 있다.

배추밭 선물

 집으로 들어가는 길 주변 밭에는 온통 배추가 심어 있었
다. 콩을 심고 남은 자투리땅에 나도 배추를 심기로 하고,
읍내를 뒤져 모종을 샀다. 보름 정도 늦은 것이 배추 성장
에 지장을 주지 않으리라 생각했다. 정성을 쏟으면 금세 자
라 다른 집 배추처럼 자랄 것으로 믿었다. 비료는 물론 소변
까지 모아 일주일을 묵힌 후 물에 타서 뿌려주었다. 수분과
영양분을 동시에 주는 방법으로 옛날부터 쓰인 비법이라며
옆집 할머니가 알려준 것이었다.

 다른 집 배추가 다 뽑히고, 얼음이 얼 때까지도 난 배추를
그대로 밭에 내버려 두었다. 늦게 심은 날짜만큼 시간을 보
충해야 주어야 할 것 같았다. 뒤늦게 수확한 배추는 다른 집
배추보다 크기도 작고, 억셌다. 아마도 차가운 날씨를 견디
며 살려고 몸부림친 탓일 것이다.

 충분한 성장온도와 일조량을 확보할 수 있는 파종시기를
놓치는 바람에 첫 배추 농사는 실패로 끝났다. 보름 정도 늦
었다고 별일이 있겠냐는 잘못된 생각에서 당연히 일어날

수 있는 일이 일어난 것뿐이었다.

　오늘을 넘기면 작년 꼴이 날 것 같아 조바심이 났다. 배추 모종 한판 중 절반만 살 수 있냐는 물음에, 단골 종묘상 주인은 한판씩 파는 물건이라 그렇게는 안 된다고 손사래 쳤다. 가게 안에 있던 다른 손님이 한판 심고, 중간에 솎아서 먹으면 된다고 말참견했다.

　해는 석모도로 기울고 있었다. 옥수수를 심었던 밭을 삽으로 대충 일구고, 쇠스랑으로 흙을 골랐다. 아내는 물뿌리개로 모종 심을 곳에 물을 부었다. 모종 절반을 심고 나니 더 심을 곳이 없었다. 옆집 할머니가 남은 모종이 있으면 달라며, 배추를 너무 일찍 심으면 배추 속이 물러 터질 수 있다고 나의 조급증을 탓했다. 때가 늦은 것도 이른 것도 문제가 되는 것, 때에 맞추어 심고, 적당한 시간이 지나가야 수확하는 것이 바로 농사라는 사실을 그때는 알지 못했다.

　일주일 후, 심은 배추 모종이 비가 내리지 않은 탓에 말라 죽었을지도 모른다는 생각이 들어, 차를 마당에 부리나케 세우고 배추밭으로 갔다. 밭엔 물기가 있었지만, 대충 봐도 열댓 개 정도만 겨우 살아남아 앙상한 몰골을 하고 있었다. 옆집 할머니가 다가왔다.

　"물은 내가 주었는데, 벌레가 어린 배추 모종을 다 먹어버렸어. 약 치고, 비닐 덮고 다시 심어"

　지난주에 받은 모종을 심지 않고 가지고 있다고 하면서,

모종판을 갖고 왔다. 배추밭 몰골을 보고 차마 자기 밭에 심지 못한 모양이다. 아내는 피곤하다며 거실에 요를 깔고 누워버렸다.

"혼자 심어 먹어. 난 못 심어, 힘들어 죽겠어."

때맞춰 심기만 하면 작물은 하늘이 다 키워 주는 줄 알았다. 특히 배추는 잡초도 벌레도 거의 없는 가을에 자라는 작물이 아닌가? 쉽게 할 수 있는 농사가 있기나 한 건지.

흙 속에 뿌리는 농약, 흙을 덮을 비닐, 비료, 삽, 괭이를 수레에 실었다. 시끄럽게 쿵쾅거려도 아내는 꿈쩍도, 내다보지도 않았다. 할머니에게서 되돌려 받은, 제법 자란 모종판을 조심스럽게 수레 위에 올려놓았다. 집 안으로 들어가, 누워 자는 아내에게 소리쳤다.

"그만 자고 나 좀 도와줘. 한 시간이면 끝날 거야"

아내의 손목을 잡아당겼다.

"나도 쉬고 싶다고. 할머니가 모종을 다시 가지고 온 정성을 생각해서라도 심어야 해"

아내가 눈을 비비고 일어났다. 농약과 비료를 밭에 뿌리고 난 후, 쇠스랑으로 고랑을 다시 만들었다. 지난번 심은 것 중 모양이 있는 것만 남겨두고 갈아엎어 버렸다. 비닐을 덮고 나니 땅거미가 지기 시작했다. 비닐에 구멍을 내고 모종을 심기 시작했을 때 아내가 소리쳤다.

"앗 따가워~ 모기"

모기가 어둠과 함께 몰려온 것이었다. 겨우 스무 개 정도를 심고, 모기의 공격에 손을 들고 말았다. 일을 끝내지도 못하고, 모기에게만 물린 꼴이 되었다.

"내일 오후에 잠깐 와서 마저 심자고"

기상예보는 태풍이 온대성 저기압으로 바뀌어 많은 비가 내린다고 했다. 비가 오니 가봐야 소용없다고 말하는 아내를 차에 태웠다. 남은 모종을 어떻게든 심어야 했다. 바람을 동반한 세찬 비 때문에 마당에 차를 세운 채 비의 기세가 누그러지길 기다렸다. 비가 조금 멈추자 차에서 내려 밭을 바라보았다. 밭 가에 파란색 물뿌리개가 놓여 있는 것이 보였다. 모종 심을 때 물을 부어가며 사용하던 우리 물뿌리개였다. 옆집 할머니가 나머지 모종을 밭에 심은 게 분명했다. 우리가 미처 심지 못하고 간 것이 눈에 띄자 차마 지나치지 못하고 마무리한 것일 거다. 아내는 다시 내리는 가을비 속을 헤집고 옆집으로 뛰어갔다. 나는 물기에 젖어 더욱 선명해진 파란색 물뿌리개를 챙기러 밭으로 걸어갔다.

콩대

한 달 만에 가는 길이었다. 수확할 시기를 놓친 배추와 순무가 어떻게 자랐는지 궁금했다. 김장을 위해선 전부 뽑아 다듬고, 베란다에 널어놓은 서리태까지 털어야 올해 농사가 완전히 끝난다. 들판에 널브러져 있던 볏짚은 벌써 소먹이용으로 묶여서 하얀 비닐에 싸여 있다. 마을로 들어가는 길옆에 흐드러지게 피어 있던 코스모스도 어느새 밑동이 잘린 채 길바닥에 버려졌다. 교회 앞마당을 지나자 집 뒤뜰에 군락을 이룬 노란 소국이 차창 너머로 보였다. 서리가 내리면 더 예뻐지는 꽃이다. 교회 마당에 핀 것보다 더 노란 빛을 뽐내고 있다. 작년 봄, 교회 마당에 있던 일부를 캐어 심은 것인데, 응달에 있어 잘 자라지 않을 것이란 편견을 여지없이 깨고, 양지에 있는 것보다 더 노랗게 꽃을 피웠다.

마당에 차를 세웠다. 베란다에 있어야 할 콩대 더미가 보이지 않고, 콩이 털린 콩대만이 지푸라기에 묶여 데크 위에 놓여 있다. 지난번 배추를 심어 주었던 옆집 할머니가 손을 댄 것이 틀림없었다. 팔이 아프다고 했다면서 아내는 중얼거렸다. 아마도 털지 않은 콩대가 한 달 이상 베란다에 방치된 모습을 더는 볼 수 없었던 모양이다.

"힘든데 왜 터셨어요?"

"그냥 두면 쥐들이 다 먹어"

날이 추워지고, 먹을 것이 사라지는 늦가을에는 이런 콩들이 들쥐의 먹이로 안성맞춤이란 것을 알게 되었다. 등산용 돗자리에 싸여 있던 까만 서리태를 플라스틱 함지에 담았다. 작년에 수확했던 메주콩보다 양은 적었지만, 일 년 내내 밥에 넣어 먹을 수는 있다고 아내는 좋아했다.

묶여 있던 콩대를 사랑채 아궁이 앞으로 옮겼다. 아궁이 가득 콩대를 집어넣고 불을 지폈다. 제법 화력이 좋고, 불길이 오래 갔다. 부지깽이로 타들어 가는 콩대를 이리저리 휘저으며, 두부를 만들 때 장작이 아닌 콩대를 땔감으로 이용해서 화력을 조절하던 조카의 모습이 떠올랐다. 콩대, 콩, 두부가 조화를 이루는 모습이 참으로 놀랍다. 콩대를 밭에 쌓아 놓고 불을 질렀던 작년엔 알지도 느끼지도 못한 것이다. 아궁이 앞에 쭈그리고 앉아 콩대가 타들어 가는 모습을 보면서, 세월이 콩대가 타들어 가는 만큼 빠르다는 사실에 화들짝 놀랐다. 아궁이 밖으로 기어 나온 열기가 가랑이 사이로 기어들어 왔다. 옆집 할머니의 마음이 불기운보다 더 뜨겁게 느껴지는 늦가을이다.

들깨와 오페라

부부동반 회사 모임에서 참석자 대표로 인사말을 한 아내는 오페라초대권을 받았다. 표를 찬찬히 훑어보던 아내는 내 돈 내고 보기엔 너무 비싼 티켓이라며 이런 기회가 아니면 어떻게 보겠냐며 좋아했다. 그러면서 공연일이 동창들이 저녁같이 하자고 한 바로 그날이라면서 밭일을 핑계로 모임에 가지 않으려고 마음먹었는데, 진짜 이유가 생겼다고 웃었다.

공연을 보기 위해선 일을 빨리 끝내야 한다는 생각에 마음이 급해졌다. 해가 짧아 미처 하지 못한 일을 갈무리하고, 여유 있게 공연을 보러 가기 위해서 새벽부터 몸을 바삐 움직였다. 배추와 순무밭은 미리 비료를 주고, 벌레를 잡아 준 탓에 잡초도 보이지 않고, 제법 모양을 갖추며 자라고 있어 손볼 것이 없었다. 철 지난 토마토, 오이밭에 그대로 꽂혀 있던 지지대를 뽑기 시작했다. 여름 내내 지지대와 줄기를 묶었던 비닐 끈도 손으로 툭툭 쳐 끊어 냈다. 지지대와 비닐 끈, 말라비틀어진 토마토 줄기를 손수레에 싣고 와 사랑채 아궁이 앞에 쌓았다. 일하는 내 모습을 보고 있던 아내는 일찍 밭일을 끝내야 한다고 채근했다. 열한 시 전에 출발해야, 머리 손질하고 네 시 공연을 볼 수 있다는 것이었다.

열 시 예배를 알리는 교회 종소리가 들려 왔다. 주변을 정리하고, 손발을 씻고 바로 출발하면 될 시간이었다. 동네 사람들이 하나둘 교회로 가는 것이 보였다. 울타리 밖을 지나던 동네 할머니가 인사하는 나를 보자 안쓰러운 모습으로 말을 건넸다.

"밭에 있는 들깨, 빨리 베, 다 떨어져~"

잎이 아직 푸르러 벨 생각을 하지 않고 있던 들깨였다. 지난봄, 밭 여기저기 보이는 들깨 싹을 모아 토마토 밭 옆에 심은 것이 들깨밭이 되었다. 직접 씨를 뿌려 가꾸지 않은 것이라서 개똥참외처럼 내버려 두었다. 깨 보다는 잎을 따 삼겹살 싸 먹고, 절여서 밑반찬으로 먹으려고 막 자라게 했다. 여름 내내 아내는 깻잎이 보이는 족족 뜯어 왔고, 특히 어린 잎은 연하다는 이유로 채 자라기도 전에 깻잎 볶음의 재료가 되었다.

낫을 들고 밭으로 갔다. 대를 잡고 밑동에 낫을 대자, 흔들림에 의해 검은깨가 떨어졌다. 싹둑싹둑 베어질 거란 내 생각은 오산이었다. 베어 지기는커녕 뿌리가 뽑혀 나왔다. 그러면서 들깨가 사방으로 떨어져 흩어졌다. 다시 집으로 들어와 아내에게 욕실에 있는 숫돌을 달라고 소리쳤다. 빨리 들깨를 베어야 한다는 말도 덧붙였다. 사태의 심각성을 알아 챈 아내는 깻단을 올려놓고 말릴 데크 위에 자리를 펴면서, 빨리 끝내야 한다는 말을 되풀이했다. 급한 마음에 한 아름씩 안아서 옮긴 깻단은 제법 되었다. 비가 내리지 않는다면 일주일 정도 지나서 털 수 있겠다. 옷에 붙어 있던 검불과 먼지를 털어냈는데도 움직일 때마다 들깨 향이 몸에서 났다. 열 한 시 조금 지나 차에 시동을 걸었다. 아내의 소원대로 여유 있게 공연을 볼 수 있다는 안도감 때문인지, 내게서 나는 들깨 향에 취해서인지 아내는 가을 햇살이 가득 비치는 옆자리에서 잠에 빠져 버렸다.

박쥐와 참새

아내가 갑자기 소리쳤다. 난로 속 이글대는 장작 불꽃을 멍하니 바라보고 있던 나는 가슴이 덜컹 내려앉았다. 아내가 작은 방에서 들고나와 내동댕이친 담요를 차마 볼 수 없었다. 대체 무엇을 보았기에, 무엇이 있기에.

"박쥐~"

그 말에 눈을 돌려 담요 섶에 붙어 있는 그놈을 보았다. 얼른 이불을 감싸 안고 밖으로 나갔다. 담요를 펼쳐 박쥐를 털어냈다. 날지 못하고 바닥에 떨어졌다. 날이 추워서 날지 못하는 건지, 겨우내 먹지 못해서 기력이 떨어진 건지 알 수 없었다. 어떻게 박쥐가 집 안에 있었을까? 수수께끼라고 아내는 말했다.

지난해 늦가을 작은 방에서 보았던 그 박쥐일까. 열어 놓은 창으로 나갔다고 생각했는데. 눈에 띄지 않는 곳에 숨어 지금까지 일 년여를 버텼단 말인가? 창문과 현관문이 꽁꽁 닫혀 있는 한겨울에 날 짐승이 집안으로 날아 들어오기는 쉽지 않았을 것이다.

다시 밖으로 나가 박쥐를 찾았다. 무엇을 하려고 찾은 것은 아니었다. 그저 박쥐가 궁금했다. 그런데 보이지 않았다. 쓰지 않는 이불과 옷가지가 있는, 온기 없는 작은방에서 겨울잠을 자고 있었음이 분명했다. 봄까지 한데에서 추위를 견디며 무사히 지낼 수 있을지 걱정이 됐다.

지난여름엔 거실에서 날아다니다 창문에 부딪힌 참새도 있었다. 박쥐와 참새, 그놈들은 도대체 어떻게 집안으로 들어왔을까? 한 놈은 낮에, 한 놈은 밤에 열린 문틈 새로 내 눈에 띄지 않게 은밀하게 들어 왔을지도 모른다. 아니면 내가 모르는 비밀 통로가 있어, 자기들 마음이 내킬 때마다 제 집 드나들듯 했을지도 모를 일이었다.

날이 따뜻해지면 연기를 피워 어디에서 연기가 나오는지를 찾아봐야겠다. 날 짐승들의 비밀 통로가 이사 오기 전부터 있었는지, 문을 열고, 닫을 때 생기는 틈을 재빠르게 이용한 것인지 밝혀내야겠다. 장마철엔 청개구리도 거실에서 뛰어다니는 것을 보면 내가 모르는 동물들의 통로가 분명 어딘가에 있을 것이다. 그 때문에 마당은 물론 안채까지 자신들의 왕국, 동물의 왕국으로 만들고 있다.

새벽송

잠결에 들려오는 부드럽고 감미로운 소리였다. 옆집에서 흘러나오는 것으로 생각하고, 이불을 여미며 돌아누웠다. 잠시 후면 그칠 것이라는 예상과는 달리 소리는 점점 더 생생하게 들려 왔다. 순간, 우리 집 마당에서 나는 소리임을 알아챔과 동시에 아내와 난 이불을 걷어차고 일어났다. 그 소리는 교회를 다니지 않는 우리 집 마당에서 동네교회 교인들이 부르는 새벽송이었다.

어릴 때 보았던 새벽송을 오십 줄에 들어서서 다시 맞이하게 될 줄이야. 노래를 마치고 가려는 사람들을 불러 세워 집안으로 들어오도록 했다. 갑자기 방문한 손님들에게 내줄 수 있는 것은 집 안에 있던 과일뿐이었다. 먹기 좋게 과일을 내오자 감사기도를 올리고 난 후 손을 댔다. 추운 크리스마스 새벽에 교인도 아닌 집에 찾아와서 해 준 축복에 감사해야 할 사람은 우리였다. 잠시 후, 새해 복 많이 받으라는 말을 마지막으로 나트륨가로등이 훤하게 비치는 길을 따라 교회 쪽으로 사라졌다.

새벽송 오는 사람들에게 무엇을 대접하면 좋겠냐는 물음에 아내는 집에 있는 음식을 대접하고 헌금을 준비해서 주면 될 거라고 했다. 지난해 얼떨결에 맞이했던 기억 때문에 미리 준비하려는 참이었다.

　"얼마면 되는데?"

　"남들이 하는 것만큼 하면 될걸. 시골이니까 조금만 하면 될 거야."

　크리스마스트리용 깜박등을 다락방에서 꺼내어 앞마당 주목 가지에 둘러 감았다. 푸른 주목 나무에 걸린, 반짝이는 삼색 전등은 집 너머로 보이는 교회의 붉은 네온사인 십자가와 어울렸다. 스위치를 넣자, 노란색, 붉은색, 녹색 등이 차례로 들어오면서 제법 모양이 났다. 새벽녘에 눈이 온다는 예보대로 여기에 눈까지 쌓이면 환상적일 것이란 생각이 들었다. 교인들이 새벽송 돌 때쯤 눈이 온다면 더 좋을 것이다. 아름다운 풍경을 상상하며 디지털카메라를 가지고 오지 않은 것이 아쉬웠다. 아내에게 카메라를 챙기지 않았다고 투덜대자 그런 것까지 챙겨야 하냐고 핀잔만 돌아왔다.

　제대로 손님을 맞이하기 위해 일찍 잠자리에 들었다. 교회가 가까이 있어 지난해처럼 다른 집들을 먼저 들르고 난 후 마지막에 우리 집을 들으리라 생각했다.

　잠자리에 들자마자 노랫소리가 들려 왔다. 불을 켜고, 옷을 입기 시작했다.

　"고요한 밤~거룩한 밤~~~"

마당에서 흘러넘친 노랫소리는 집안까지 흘러들어와서는 방안 구석구석을 감싸 돌기 시작했다. 그 사이 아내는 거실에 불을 켜고 현관문을 열고, 밖으로 나가는 것이었다.

"기쁘다 구주 오셨네!"

어느새 빠른 노래로 바뀌고 있었다. 집안으로 들어올 것을 확신한 난 방에서 나와 거실에서 손님 맞을 채비를 했다. 현관문 쪽으로 막 나서려는데 아내가 들어왔다.

"그냥 자, 갔어."

시계는 열두 시 삼십 오 분을 가리키고 있었다. 지난해와 반대로 우리 집을 제일 먼저 들른 것이었다. 이번에도 새벽송 손님을 얼떨결에 맞이하고 말았다.

연말인데도 겨울답지 않게 포근했다. 미처 하지 못했던 뜰 안에 있는 나무와 장미의 마른 가지를 쳐내어 사랑채 아궁이에 넣었다. 여기저기 떨어져 있는 나뭇잎도 쓸어 담아 넣고, 함께 불을 지폈다. 통나무 그루터기에 엉덩이를 대고 앉았다. 아궁이에서 내 뿜는 열기가 무릎에서부터 느껴졌다. 나뭇잎과 잔가지가 타들어 가면서 내는 냄새도 이때가 아니면 맛볼 수 없는 것 중 하나이다.

아궁이 불이 사그라질 무렵, 크리스마스를 떠올리며, 늘 하던 대로 크리스마스트리 용 전등을 꺼내 주목에 달았다. 그것은 크리스마스이브에 우리가 집에 있다는 것을 마을 사람들에게 알리는 표시이기도 했다.

축하 헌금을 봉투에 담아 놓고, 여느 해와 마찬가지로 잠자리에 들자마자 노래가 들려 왔다. 아내가 얼른 옷을 챙겨 입고는 현관문을 열고 밖으로 나갔다. 대충 옷을 걸치고, 현관에 기대어 노래를 끝내고 들어올 손님들을 기다렸다. 예전과는 달리 노래에 힘이 실려 있지 않고, 젊은 목소리도 들리지 않았다.

"새해 복 많이 받으세요, 메리 크리스마스"하고 외치고는 예상과 달리 등을 돌려 밖으로 가버리는 것이었다. 밖으로 얼른 고개를 내밀어 사람들을 향해 소리쳤다.

"안녕히 가세요. 새해 복 많이 받으세요!"

"올해는 젊은 애들이 없어. 전부 노인들이야."

소리가 작고, 힘이 없었던 이유가 여기에 있었다. 젊은 학생들이 늦어진 방학 때문에 새벽송에 참석하지 못한 것으로 생각하며, 다시 잠자리에 들었다.

그러나 그해 이후, 새벽송을 도는 노인들도 그 수가 점점 줄어들더니, 언제부터인가 크리스마스 밤에 맞던 새벽송은 기억 속에서만 자리 잡게 되었다. 겨울방학이면 할아버지, 할머니 집에 놀러 오던 학생들도 머리가 커지자 더는 시골에 오지 않게 되고, 그나마 명맥을 유지하던 새벽송 참여 노인들도 하나둘 세상을 등지자 새벽송을 돌 수 있는 인원 구성을 할 수 없게 된 것이다. 마당에서 노래 손님을 맞이하던 삼색 깜박 등도 어느 순간 현란한 불빛을 잃고 새벽송과 함께 주목 가지에서 사라지고, 덩그러니 남은 교회의 붉은 십자가만이 크리스마스 밤을 밝히고 있다.

첫눈

해가 질 무렵 조금씩 날리던 눈은 저녁을 마치고 나오자 제법 내리기 시작했다. 가평에서 출발한 차는 구리부터 외곽순환고속도로를 타고 인천으로 향했다. 청계요금소를 지나자 달리는 차 안에서도 느낄 수 있을 정도로 많은 눈이 쏟아지기 시작했다. 예년보다 한 달이나 늦은 초등학교 동창 모임은 올해도 동창 가게에서 하기로 했기 때문에 시간은 늦었지만, 마음에는 여유가 있었다. 이차를 간다고 해도 노래방이고, 가게 주변일 테니까 걱정이 안 됐다.

전화를 걸어 어디쯤이냐고 묻는 녀석도 없는 걸 보면 꽤 많은 숫자가 나온 게 분명했다. 차는 큰길을 벗어나 작은 길로 접어들었다. 내리는 눈과 쌓인 눈 때문에 엉금엉금 기어가는 버스 뒤를 따라갈 수밖에 없었다.

벌써 식사와 회의를 끝내고 노래방으로 이동했다는 전화가 왔다. 밥 먹었던 곳 바로 앞에 있는 건물이라고 했다. 걸어가기로 맘먹고 차에서 내렸다. 차 안에서 보던 것보다 더 많은 눈이 내리고 있었다. 금세 머리에 눈이 쌓였다. 노래,

방 근처 빌라 처마에 들어가 머리와 어깨의 눈을 털었다.

노래방에서 나와 다시 동창 가게로 몰려갔다. 눈 내리는 길을 걸으며, 차위에 쌓여 있던 눈을 뭉쳤다. 앞에 가는 친구들을 향해 던졌다. 해장국을 먹는다는 핑계였지만, 눈 내리는 밤의 분위기를 마음껏 즐기고 싶었다.

창 너머로 보이는 차들은 온통 흰 눈을 뒤집어쓰고 있었다. 집에 간다고 자리에서 일어난 친구가 열심히 차에 쌓인 눈을 쓸어내는 것이 보였다. 눈이 더 오면 집에 갈 수 없을 거란 생각이 문득 들었다. 아내는 여기 올 때 택시를 예약해 놓고 왔으니 걱정 없다고 하면서, 택시 회사에 전화하는 것이었다.

"뭐래? 차 온대?"

"차 없다는데"

다를 때 같았으면 좀 더 있다가 가라고 잡았을 동창들이 제지하지 않고 순순히 우리를 놓아주었다. 눈은 계속 내리고 있었다. 아파트 골목 쪽에서 택시 두 대가 연이어 나오는 게 보였다. 그쪽으로 가야만 택시를 잡을 것으로 보였다. 그쪽을 향해 길을 건너자 우리가 방금 있던 방향에서 택시 한 대가 오는 것이었다. 얼른 손을 들어 차를 세우고 올랐다. 시계는 새벽 한 시를 넘어가고 있었다.

오해의 끝자락

　어젯밤 먹은 술 때문인지 눈이 뻑뻑하고 머리가 아팠다. 조찬을 겸한 교육에 참석하기 위해 내리는 비를 뚫고 올림픽 도로를 따라 동쪽으로 차를 몰았다. 내 차 옆을 지나는 차에서 물벼락이 날아들었다. 몸이 반사적으로 움찔거렸다. 교통량이 한산한 휴일 아침이라 그나마 다행이란 생각이 들었다. 아침밥을 국에 말아 넘겼다. 이렇게 해서라도 몸을 빨리 회복시켜야 했다. 그것은 바람일 뿐이었다. 의자에 앉아 있는 것조차 힘이 들었다. 시간이 갈수록 창밖 비바람이 더욱 세차게 불어 대는 것이 보였다. 두어 달 전부터 우리 집 방문을 준비해온 초등학교 동창생들이 빗속을 뚫고 올 생각을 하니 걱정이 앞섰다.

　교육을 마치고, 올림픽 도로에 들어서자 비가 멎기 시작했다. 서쪽 하늘엔 하얀 구름이 보였다. 훌쩍 자란 잔디 마당과 감자밭이 떠올랐다. 감자를 캐고 난 밭엔 잡초가 허리춤까지 자랐다. 감자를 수확한 다음에 콩을 심으려고 마음먹은 곳이다. 잡초로 뒤덮인 밭과 손보지 않은 잔디마당은 보기에도 흉했다. 짧게 깎은 잔디마당은 단정하게 머리를 자른 사내처럼 산뜻하게 보였기 때문에 난 잔디를 자주 깎았다. 아내는 이런 날 보고 잔디를 깎지 않고 내버려 두는 것이 잔디에 좋을 것이라고 말하곤 했다.

친구들이 잔디마당에 앉아 이야기라도 하려면 비가 그쳤을 때 잔디 깎는 작업을 끝내야 했다. 교육 끝나고 출발했냐고 묻는 아내의 전화가 걸려 왔다. 아침 일찍 등산하기로 했던 동창생 일부가 비 때문에 산행을 포기하고 집에 와 있고, 나머지 친구들은 오후 늦게 온다는 말도 덧붙였다. 마음이 급해졌다. 모든 친구가 오기 전까지 작업을 끝내야 한다는 조바심에 차의 액셀을 밟았다.

집에 도착하자 하늘의 구름은 짙은 회색에서 옅은 색으로 바뀌고 있었다. 늦은 점심을 먹자마자 작업 바지와 긴소매 티셔츠로 갈아입었다. 챙이 바란 모자도 눌러 썼다. 잔디부터 깎기 시작했다. 친구들은 잔디 깎는 일을 내다보지도, 마당에 나와 참견하지도 않았다. 잔디를 깎고 난 후 예초기 시동을 걸었다. 거실에서 재미있는 이야기를 나누고 있으리라 생각했다. 머릿속엔 잡초만 자리 잡고 있었다. 빨리 작업을 끝내고 자리를 함께하면 되는 것이다. 비가 내린 직후라 밭은 질퍽거렸고, 잡초는 억셌다. 예초기 날이 몇 번씩 멈춰 서버렸다. 밭에 덮었던 비닐에 걸리고, 질긴 풀줄기에 엉키기도 했다.

세 시간 정도가 지나서야 작업을 끝내고, 거실에 있는 친구들 옆에 앉았다. 마침 늦게 온다고 했던 친구들이 들어섰다. 이제 다 모인 것이었다. 그 친구들 시간에 맞춰 작업을 끝낸 모양이 되었다.

싱그러운 풀냄새가 남아 있는 잔디마당으로 자리를 옮겼다. 잔디마당에서 다과를 끝내고 거실에 들어가서야 일찍 온 친구들 눈에 내가 이상하게 비추어 졌다는 것을 알게 되었다. 내가 일하는 동안 관심을 보이는 친구가 한 명도 없었다고 불평하자, 오히려 윙윙거리며 잔디를 깎고, 예초기를 짊어지고 나가는 모습이 이상했다고 말했다. 무슨 이유인지는 모르겠지만 화가 난 듯 보였다고 했다.

머리가 다시 아파졌다. 새벽에 아팠던 그 머리에서 가슴까지 내려왔다. 친구들에게 구구절절 변명했다. 누구도 나를 질책하지 않고, 오히려 오해했다고 미안해하는 것이었다. 민망함과 미안함이 다시 밀려왔다.

말을 하지 않으면 서로의 속을 알 수 없으므로 일상에서는 소통이 필요하다고 강조하던 나였다. 친한 친구들이기 때문에 서로 말이 없어도 알아줄 것이란 막연한 기대가 불러온 오해였다. 마치 손님을 앉혀 놓은 채, 청소기를 돌려대며 빨리 가라고 시위하는 사람처럼 비쳤을 것이다. 작업하러 나가기 전, 이 한마디를 해야 했디.

'비 오기 전에 잔디와 잡초 깎고 올게.'

밤 열두 시가 넘어서야 마지막으로 남은 친구들이 떠났다. 장마철답지 않은 상쾌한 바람이 불어왔다. 구름 사이로 별이 빛나고 있었다. 머릿속이 조금씩 맑아지기 시작했다.

세상에서 가장 행복한 사람

자그마한 체구에 허리는 꾸부정하고, 옷차림도 늘 남루했다. 육십 후반임에도 불구하고 칠십 대 중반처럼 고 권사는 나이가 들어 보였다. 무슨 까닭인지 아흔이 넘은 시어머니가 같은 동네에 살고 있는데도 귀신이 나올 것 같은 버려진 집에서 혼자 살았다. 남편은 오래전에 집을 나가 생사조차 모르고, 가끔 찾아오는 외아들마저 힘들게 모아 놓은 돈만 챙겨 간다고 동네 사람들은 수군댔다. 제법 큰 집과 땅을 갖은 시어머니와 달리 땅 한 평, 방 한 칸도 없는 그녀는 동네에서 가장 가난한 사람이었다.

울타리를 지나다 마당에서 일하고 있는 내가 보이면, 메고 있는 가방에서 호박, 옥수수, 감자를 꺼내 울타리 넘어 건네주곤 했다. 남의 밭일을 힘들게 해주고 받은 먹을거리였을 것이다. 줄 것이 마땅치 않은 날엔 '부지런하다. 잘 될 거다. 감사하다.'라고 말을 하며 그냥 지나치지 않았고, 얼굴엔 항상 환한 미소와 행복한 표정을 지었다.

잔디마당에 민들레가 성가시게 나오기 시작할 무렵, 교회 옆 논이 흙으로 메워지더니 그 자리에 낡은 컨테이너 하나가 들어앉았다. 그녀가 살던 집이 경매로 다른 사람에게 넘어가자 교회에서 마련해 준 새로운 거처였다. 예전 그녀의 집 앞을 지날 때면, 금방 떨어질 것 같은 낡은 대문 틈 사이에서 언제 쥐가 튀어나올지 모른다고 아내는 내 팔을 움켜잡고, 집에서 가장 멀리 떨어진 길 가장자리로 걸었다. 혼자 사는 그녀에게 생활용품을 갖다 주고 싶어도 안으로 들어가기가 두려워 포기한 적이 한두 번이 아니었다고 했다.

컨테이너로 이사한 그녀에게 집들이 선물을 주기로 마음먹었다. 그동안 받은 것에 보답할 좋은 기회가 생긴 것이었다. 설에 양말이나 덧버선을 주긴 했지만, 그것은 동네 노인 모두에게 돌린 선물이었지 따로 하지는 못했다.

날씨가 더워지면 컨테이너 안이 더워 살림하기 어렵다는 것을 떠올렸다. 다른 곳에서 쓰다 보관 중인 에어컨을 달아 주는 것이 어떻겠냐고 아내에게 넌지시 물었다. 벌이가 시원치 않은 사람에게는 에어컨의 전기료도 만만치 않은 부담이 된다고 아내는 반대했다. 고심 끝에 이불 한 채를 선물하기로 했다.

요와 베개, 이불을 담은 커다란 비닐봉지를 들고 컨테이너 쪽으로 걸어갔다. 교회에서 나오던 그녀와 마주쳤다. 늘 그랬던 것처럼 환한 얼굴로 인사를 건네 왔다. 내 손에 커다란 물건이 들려진 것을 보자 행선지가 자신의 집임을 알아채곤, 잰걸음으로 컨테이너 뒤에 있는 시어머니 집에서 열쇠를 갖고 오는 것이었다.

방 두 개와 거실 겸 주방, 화장실로 꾸며진 내부는 외부 모습과는 달리 아늑했다. 날이 풀리지 않아 아직 여기서는 잠을 자지 않는다고 하면서 그녀는 보일러 스위치를 올렸다. 짐 보따리를 바닥에 내려놓고 잠시 있는 동안, '이런 것을 받아도 되는지 모르겠다. 해줄 것이 하나도 없는데 큰일이다'라고 혼자 중얼거리며, 어쩔 줄 몰라 했다.

어색한 침묵의 시간이 흘렀다. 마당에 꽃씨를 뿌리다 와서 빨리 가야 한다는 핑계를 대고 일어섰다. 얼른 그녀가 낡은 냉장고 문을 열어 찐빵과 약식을 꺼내 봉투에 담아 아내 손에 들려줬다. 아마도 제일 아끼던 간식거리였을 것이다. 집에 온 지 삼십 분이 지났을까. 그녀가 검은 비닐봉지를 들고 마당으로 들어왔다.

"시어머니가 논에서 베어 온 거야, 이불 받았다고 하니 시집가는 딸처럼 해줬다고 하면서, 자 미나리"

내 손에 덥석 쥐어 주고 재빨리 마당을 나가 버리는 것이었다. 봉투를 열자 갓 베어온 미나리에서 진한 향이 올라왔다. 찐빵과 약식으로는 부족하다고 느껴 더 줄 것을 고민하며 찾았을 것이다. 여느 때와 마찬가지로 싱싱한 선물을 얼떨결에 받고 말았다.

고 권사라고 불리던 그녀의 이름이 복자라는 사실은 마을 사람들과 이야기를 나누다 알게 되었다. '복이 많은 사람, 복이 터진 사람'이라는 뜻으로 복 복(福)에 아들 자(子)로 이름을 지었을 것이다. 자식복, 남편복, 재산복이 지지리도 없어 보이는 사람의 이름이 복자라니. 그녀가 항상 행복하고, 모든 일에 감사하다고 늘 입에 달고 사는 이유를 조금은 알 것 같았다. 그 비밀의 열쇠는 바로 이름에 있었다.

천주교에서 복자란 공경받을 만한 사람, 성인으로 인정하기 전 단계를 높여 이르는 말이라고 한다. 여기서 복자의 한자는 아들 자(子)가 아닌 놈 자(者)이지만 그녀 이름의 뜻과 큰 차이가 없다. 그녀는 복 많은 사람이 아니라 천주교에서 말한 복자처럼 남에게 베풀며 사는 따뜻한 사람이었다. 포구에 있는 공중화장실 청소를 맡아 십여 리가 넘는 논길을 걸어 다니면서도 할 일이 생겨 행복하고, 화장실이 깨끗하다고 칭찬하는 사람이 많아 신이 난다고 했다. 그녀는 천사와 같은 마음씨를 가지고 있음이 분명했다. 힘들지 않으냐는 말에도 자신은 축복받은 사람이라고 말하는 것을 보면 그녀는 스스로 복자로서 삶을 살아가고 있었다.

지난 이월 중순, 여느 때처럼 마당에서 일하는 나에게 말을 걸어왔다. 학교 시험에서 만점을 받고 달려와 엄마에게 자랑하는 아이처럼 신이 나 있었다. 평생소원이었던 찬송가 반주를 하게 되었다고 자랑하는 모습은 여태까지 보아왔던 조용하고, 나지막한 목소리로 말하는 그녀가 아니었다. 먹고 살기도 어려운 형편에 피아노를 언주한나는 것이 쉽게 납득 되지 않아 어떻게 된 것이냐고 물었다. 쓰레기더미에서 주운 장난감 피아노로 오랫동안 연습했다고 아무렇지도 않게 웃으며 대답하는 것이었다. 세상 누구보다 행복하고, 모든 것을 가진 듯 보였다. 저렇게 행복하고, 기뻤던 일이 나에게는 언제 있었을까.

고 권사를 대하면 대할수록 나 자신이 부끄러웠다. 그동안 나는 남보다 처복이나 재복이 없고, 그나마 기대했던 자식복도 없는 사람이라고 생각했다. 이런저런 복이 많아 보이는 사람을 부러워하고, 그들처럼 많은 복이 나에겐 없음을 아쉬워했다. 자신이 가진 것을 남에게 베풀어야 복이 온다는 것도 믿지 않았다. 지하철에서 만난 걸인이나 상인이 내게 손을 벌리는 것을 애써 외면했을 뿐만 아니라, 그들에게 돈을 쥐어 주거나, 물건을 사주는 사람을 탓하기까지 했었다. 후한 사람은 늘 성취감을 맛보지만 인색한 사람은 먹어도 늘 배가 고프다는 사실을 난 모르고 살아왔다. 자신이 가진 것을 비우면 비울수록 더 행복하고, 빈 곳에는 더 많은 복이 찬다는 것을 그녀는 나에게 보여주었다.

박경리 선생의 유고집에 '가난하다고 다 인색한 것은 아니다. 부자라고 후한 것도 아니다. 그것은 사람의 됨됨이에 따라 다르다.'라는 구절처럼 그녀는 자신이 가진 모든 것을 베풀며 세상에서 가장 행복한 사람, 고복자(高福子)로 살아가고 있었다. 그녀를 만나면서 행복은 멀리 있지 않고 가까운 곳에서 있다는 것을 깨달았다.

꽃뱀과 만나다

후덥지근했다. 날씨 예보는 오후 늦게부터 장맛비가 내린다고 했다. 비가 내리기 전에 마당 일을 마치기 위해 시들어버린 장미 꽃가지를 잘라낸 다음, 잔디를 깎기 시작했다. 혼자 하는 일은 더 힘이 들고, 더딤을 다시 한번 느꼈다. 허기를 느낄 때쯤 겨우 일을 끝냈다.

잔디 깎기와 가위를 정리하고 한숨을 돌리며 마당을 둘러보았다. 소나무 옆, 정 원석 위에 놓여 있는 아랫돌만 남아 있는 맷돌 위에 낯선 물체가 눈에 띄었다. 자세히 보기 위해 몸을 돌리는 순간 섬뜩했다. 뱀이었다. 목 주위에 붉은색이 있는 것으로 보아 꽃뱀이라 불리는 '유혈목이'가 틀림없었다. 똬리를 튼 채 잠깐 나온 햇볕을 즐기고 있음이 분명했다. 곰솔 아래 화단에서 뱀 껍질을 발견하고, 데크 밑으로 기어들어 가는 새끼 뱀을 본 때가 조팝나무 꽃이 실 무렵이었다. 집에 뱀이 있으니 풀약을 뿌려 집 주변에 있는 잡초를 없애라고 옆집 할머니가 한 말이 떠올랐다.

얼른 사랑채 아궁이 옆에 있던 기다란 대나무 막대기를

집어 들었다. 뱀을 때려잡을까? 위협을 줘서 쫓아 버릴까? 대나무 막대기를 조심스럽게 들고 온갖 생각을 하며 뱀이 있는 곰솔 옆으로 다가섰다. 작은 머리를 가진 꽃뱀은 인기척에도 미동도 하지 않았다. 내가 어떤 해코지도 하지 않을 것이라고 믿는 듯했다. 마당에서 여러 번 마주쳤던 개구리와 참새들이 나를 대했던 것처럼 꽃뱀도 마찬가지였다. 보기에 징그럽다는 이유, 해를 끼칠 수도 있다는 막연한 두려움 때문에 어떤 해도 끼치지 않고 가만히 있는 생명체에게 몽둥이질해대기가 선뜻 내키지 않았다. 위협을 가해 쫓아 버리는 일도 마땅치 않았다. 손에 들고 있던 대나무 막대기를 아궁이 쪽으로 집어 던졌다. 나도 꽃뱀처럼 신경 쓰지 않고, 서로를 외면하면 모든 일은 그대로 평상으로 유지될 것이다. 마을 주변 숲이나 하천가 등에서 흔히 볼 수 있는 동물이 논 옆에 있는 우리 집에 나타나는 것이 무슨 특별한 일인가. 단지 눈에 띈 동물이 꽃뱀일 뿐인데.

  조롱박 넝쿨을 잡아 주고, 마당에 널려 있던 농기구를 정리하느라 한 시간 정도 지났을까? 꽃뱀이 있던 곳을 바라보았다. 검은 맷돌만 눈에 들어왔다. 내가 일하는 동안 꽃뱀은 제 할 일을 끝내고 조용히 사라졌다. 집 주변에서 흔하게 보았던 청개구리들이 요즘 통 보이지 않는다고 한 아내의 말이 꽃뱀 때문일지도 모른다는 생각이 들었다.

  꽃뱀이 목덜미에 독물을 분비하는 세포가 없음에도 독을 갖고 있고, 이 독을 얻기 위해 독이 있는 두꺼비를 잡아먹는다는 사실을 알게 된 후, 우리 집 업이라는 두꺼비를 보호하기 위하여 봉숭아를 울타리 밑에 잔뜩 심어 뱀의 접근을 막고, 허물이 발견된 곰솔 화단에는 농약을 뿌려댔다. 비록 나에겐 어떤 피해도 주지 않았지만, 두꺼비에게 드리워진 죽음의 그림자를 걷어 주기 위함이었다. 업이란 자신이 머무는 집안이 잘되도록 보살피고, 재물이 새나가지 않도록 막아 준다는 말에 더 극성스럽게 두꺼비를 지키려고 했는지도 모른다. 한편으로는 꽃뱀을 처음 보았을 때 느꼈던 섬뜩함과 남자를 꼬여 파탄에 빠뜨린다는 부정적인 이미지도 강하게 작용한 것도 부인할 수 없는 사실이다.

앵두나무 우물가

가지 끝까지 다닥다닥 붙어 있는 앵두꽃이 눈부시게 아름다웠다. 유월이 되자 꽃이 있던 자리마다 앙증맞은 빨간 앵두가 열렸다. 앵두와 같이 꽃을 피웠던 자두나무엔 매달고 있어야 할 붉은 열매가 많지 않았다. 해거리하거나, 지난겨울 매서운 추위에 자신의 꽃눈을 지켜내지 못했나 보다.

'함씨는 한 손에 무언가를 한 알을 쥐고 있었는데 하도 손이 커서 그것이 앵두인 줄 알았다. 그것을 자작나무 식탁 위에 내려놓았을 때에야 나는 그것이 자두라는 걸 알았다. 쥐면 앵두 놓으면 자두.'

구효서의 '풍경소리'에 나오는 한 구절이다. 앵두와 자두는 꽃도 닮은 것처럼 열매도 크기만 다를 뿐 닮았다. 자두나무 이파리 너머 파란 하늘 한가운데로 길고 하얀 비행운이 남아 있는 유월의 한낮, 빨간 앵두가 여름의 문을 열고 있다.

빨갛게 익은 앵두를 경이롭게 바라보던 난 아들을 불러냈다. 그도 나처럼 앵두를 신기하게 바라볼 것으로 생각했다. 내가 가리키는 빨간 앵두를 말없이 쳐다만 볼뿐, 어떤 감흥도 없어 보였다. 그의 감정이 메말라서가 아니라 앵두에 얽힌 추억이 없기 때문일 것이다.

어린 시절, 뜰에 앵두나무가 있는 집이 마냥 부러웠다. 앵두나무 집 아이는 빨갛게 익은 앵두를 손에 들고나와서 자랑을 해댔다. 앵두를 입에 넣어보면 먹을 것도 별도 없이 씨만 느껴지지만, 주전부리가 부족했던 그때 그거라도 얻어 먹으려고 안달을 했었다.

"앵두나무 우물가에 동네 처녀 바람났네."

앳된 여자아이의 입술이 바로 앵두였다. 장마당 한 편에서 그녀는 이 노래를 불러 댔다. 빨간 루즈를 짙게 바르고, 진한 화장을 한 아이였다. 닷새마다 열리는 장마당에 어김없이 찾아오는 약장수 옆에 늘 붙어 있었다. 약장수는 시골에선 좀처럼 볼 수 없는 마술, 재담, 노래를 우리에게 선사했다. 둥그렇게 둘러싼 사람들 사이를 뚫고 안으로 들어가 바닥에 앉으면 바로 그 자리가 내 자리였다. 약장수 손에서 하얀 비둘기가 날아오르고, 다른 여자 약장수와 나누는 만담도 여간 재미있는 것이 아니었다. 손에 약을 들고 여기저기 손을 내미는 사람들에게 다가가 돈을 받아내는 모습조차도 재미있었다. 중간중간 약장수가 아코디언을 어깨에 둘러메고 양손을 뻗어 연주를 시작하면 앵두 입술을 가진 그녀가 노래를 부르기 시작했다.

"앵두나무 우물가에 동네 처녀 바람났네. 물동이 호밋자루 나도 몰래 내 던지고 말만 들은 서울로 누굴 찾아서 이쁜이도 금순이도 단봇짐을 쌌다네."

장터 어느 곳에 있든지 카랑카랑한 그 노래는 내 귀에 들려왔다. 하얀 광목 차양 아래를 여기저기 기웃거리며 돌아다녀도, '국산품애용'이라고 써놓은 간판 아래 양은냄비, 양은 솥을 잔뜩 쌓아 놓은 빙고 게임점포 안에서도 마찬가지였다. 하고 많은 노래 중에서 유독 그 노래, 앵두나무로 시작하는 '앵두나무 처녀'만 크게 들렸는지 알 수 없는 노릇이었다.

그 시절 가장 유행했던 노래였기 때문이 아니라 앵두와 입술이 보여준 이미지가 너무 강렬했기 때문인지도 모른다. 태어나 첫 번째로 배우고, 내 또래 누구나 따라 불렀던 유행가가 바로 이 노래였다.

세월이 한참 흐른 지금도 빨간 앵두를 보기만 하면, 어린 여자가수가 불렀던 '앵두나무 우물가에 동네 처녀 바람났네.'를 나도 모르게 흥얼댄다.

호두나무

　뒤뜰에 나무 한 그루가 있다. 이사 왔을 때 무슨 나무인지 몰랐다. 더위가 한풀 꺾이고, 집수리가 거의 끝날 무렵인 팔월 말쯤, 지나가던 동네 사람이 나무 끝에 동그란 열매를 보고 "호두가 열렸네!"라고 하는 것이었다.

　그 말을 듣고 자세히 보니, 몇 년 전 여주 근처 식당에서 보았던 호두나무였다. 그때 본 나무는 키도 크고, 여러 그루가 숲을 이루고 있었다. 뒤뜰의 호두나무는 한 그루만 달랑 서 있었기 때문에 알아보지 못했다.

　해마다 장마가 시작될 무렵부터 호두나무 가지 끝에는 조그만 열매들이 맺혔다. 그 열매의 수는 날이 갈수록 손가락으로 꼽을 정도로 줄어들었다. 여름에 접어들면서 불어오는 비바람 때문에 작은 열매들이 떨어지기 때문이었다. 많이 달려있는 작은 호두열매를 보면서 했던, 가을엔 많이 딸 것이란 기대는 번번이 무너졌다. 결국엔 호두나무 중간 가지에 달려 있는 너 댓개가 전부였다.

　매년 강한 바람 때문에 호두가 익기도 전에 떨어졌었는

데, 열매가 제법 달렸다. 긴 나무 막대기로 가지 끝을 치자 호두가 떨어졌다. 나무 가운데 있는 것은 호두나무에 올라서서 내려쳤다. 높은 가지 끝에 달린 호두는 사다리를 타고 올라 막대기를 휘둘렀다. 가지를 칠 때마다 논에 떨어지고, 도랑에도 떨어졌다. 아내는 이리저리 떨어지는 호두를 주웠다. 내가 힘들어하자, 아내는 나무 위에서 내려오라면서 큰 가지 위로 발을 딛고 올라서는 것이었다. 내가 했던 모양 그대로 막대기를 휘둘러 댔다. 지나던 동네 사람이 그 모양이 우스웠던지 말을 건넸다.

"머 하는 거유?"

아내는 신이 난 표정으로 인사를 하고는 또다시 막대기를 휘두르며, 떨어지는 호두를 잘 보고 주우라고 소리쳤다. 막대기가 닿지 않는 몇 개를 남겨 놓고, 수확한 호두를 들고 들어왔다. 맨손으로 껍데기를 벗기면 손에 물이 들거나 옷이 탈 수 있어 비닐장갑을 끼고 벗기기 시작했다. 호두 따는 때가 적당했던지 쉽게 벗겨졌다. 밖엔 비가 내리기 시작했다. 방송에선 목포 지방에 태풍이 근접해 있다고 말하고 있었다.

"큰일 날 뻔했네. 따길 잘했어."

물기가 채 가시지 않은 호두열매가 대보름날 부럼 걱정을 덜어 줄 것이었다.

친구

춘천에 살고 있는 친구로부터 카톡이 왔다. 주말에 강화에 있을지를 묻는 내용이었다. 특별한 일이 없으면 있을 거라고 답장을 했다. 주소와 인근 교회 이름도 문자로 알려주었다. 올 것으로 생각하지 않았다. 이렇게 물어보고 오지 않는 친구들이 대부분이었기 때문이다.

"오지 않을 텐데, 왜 가는 거야. 가도 할 일 없잖아. 집에서 쉬지"

만류하는 아내의 말을 뒤로하고, 혹시 올지 모른다는 생각에 이른 아침밥을 먹고 강화로 출발했다. 이르게 출발한 탓에 도로는 정체됨이 없이 원활했다. 보일러를 틀고, 마당에 떨어진 낙엽을 갈퀴로 긁어 사랑채 아궁이 앞에 쌓았다. 겨우내 거실에 들여놓아야 할 화분들을 정리하고 있을 때, 전화벨이 울렸다. 강화 터미널에 도착했고, 버스를 타고 온다는 것이었다. 버스 배차 간격이 너무 길어 한참을 기다릴 수도 있으니, 이쪽 방향인 아무 버스나 타고 와서 전화하라고 말했다. 중간에 내리면 내 차로 데리러 갈 속셈이었다.

전화를 끊자마자 버스를 탔다는 연락이 왔다.

이십여 분 후, 마을진입로 들어오는 버스가 창문 밖으로 보였다. 버스가 정차하는 마을회관 쪽으로 걸어갔다. 저 멀리 배낭을 멘 친구가 걸어오고 있었다. 그 뒤에는 혼자 올 것이라는 내 예상과 달리 친구의 아내도 따라오고 있는 것이었다.

시골에 집이 있는 내가 부럽다며 마당을 이리저리 거닐던 친구 내외를 집안으로 안내했다. 대접할 것이라고는 커피뿐이었다. 친구는 커피를 마시지 않는다고 했다. 커피 두 잔만 탔다. 커피를 마시고 있는 동안 친구는 소주 한잔하고 싶다며 술이 있냐고 물었다. 소주는 있는데, 김치 외에는 안주가 될 만한 것이 없다고 했다. 친구가 안줏감으로 회를 뜨러 외포리에 가자고 하는 것이었다. 김치만을 안주 삼아 소주를 마시기엔 마땅치 않았던 모양이다. 추수가 끝난 논 가운데를 가로질러 외포리보다 가까운 창후리 포구로 갔다. 늦가을 포구엔 사람도 횟감도 많지 않았다. 농어와 삼세기 회를 떠서 돌아오는 길 위엔 해가 석모도로 기울고 있었다.

압력밥솥에 밥을 안치고, 회와 김치를 상에 올려놓았다. 떠먹을 것을 만들기 위해 유일하게 남아 있던 양파와 회 뜨고 남은 생선 대가리를 넣고, 올봄 내가 담근 햇된장을 풀었다. 야채와 양념이 없는 상태에서 내가 할 수 있는 최선의 조리법이었다. 친구의 아내는 이런 내 모습이 부럽다며 친구에게 배우라고 핀잔을 주는 것이었다. 흰 쌀밥, 김치, 회,

탕으로 밥상이 차려졌다. 친구의 아내는 밥이 너무 맛있고, 탕 맛도 깔끔하다고 칭찬 일색이었다. 그리고는 남자가 차려준 밥상을 처음 받아 본다며 좋아했다. 친구는 말없이 밥 대신 소주잔만 비우고 있었다. 자식 이야기와 더불어 살아온 이야기를 하는 동안 어둠이 깔리기 시작했다. 친구가 소주 두 병을 비운 후, 부부는 밥 잘 먹고, 재미있었다며 일어났다. 차 뒷자리에 부부를 태우고, 어두운 시골길을 달려 터미널에 도착했다. 부부를 내려주면서 다음에 다시 놀러 오라고 소리쳤다.

제대로 차려진 밥상이 아님에도 맛있게 먹어준 친구 부부가 고마웠다. 지금 즐기고 있는 휴가가 끝나면 그는 삼십 년을 다닌 직장을 퇴직할 것이다. 퇴직한 후에도 다시 찾아오길 바라는 내 마음과는 달리 찾아오지 않을지도 모른다. 오늘 대접한 한 끼가 내가 차려주는 마지막 밥상이 될 수도 있다. 아마도 퇴직 후, 그는 밀려오는 아쉬움과 다가올 두려움 때문에 제대로 잠을 이루지 못할 것이고, 그때 누군가 해준 따뜻한 밥 한 끼가 어떤 것보다 마음을 위로해 주었다는 것을 알게 될 것이다. 몇 해 전 내가 경험했던 것처럼.

무의도 산행

무의도 산행이 연휴 때 있을 거라는 이야기를 들었을 때, 나와는 관계없는 행사라고 생각했다. 마니산을 다녀온 지도 얼마 되지도 않았고, 그동안 바쁘게 움직이느라 피곤했기 때문에 집에서 지내면서 가을을 즐기고 싶었다.

그동안 소홀히 했던 텃밭과 마당도 돌봐야겠다고 마음먹었다. 감자를 수확하고 내버려 둔 밭에 작년에 심다 남은 순무 씨를 뿌렸는데, 어느새 싹이 터 제법 자라 있었다. 김을 매고 마당으로 들어오자 거실 전화벨이 울렸다. 집 전화로 내게 오는 전화는 거의 없는 터라 무시하고, 거실 앞 마른 줄기에 매달려 있는 조롱박을 따기 시작했다. 안으로 들어간 아내는 누구란 말도 없이 전화를 건네줬다. 등산회장이었다. 대화는 두 마디로 끝났다.

"알았다. 그때 보자"

옆에서 듣고 있던 아내가 시비를 걸어 왔다. 자기가 산행 이야기할 때는 듣지도, 가다 만다 말이 없더니, 그렇게 쉽게 간다고 결정하냐는 것이었다.

"전화까지 왔는데 그럼 어떻게 해?"

퉁명스럽게 내뱉고 밖으로 나갔다. 조롱박이 툇마루 여기 저기에 뒹굴고 있었다.

처음엔 강화에서 직접 무의도로 갈려고 했다. 강화에서 공부하고 있으면서도 연휴에 코빼기도 보이지 않던 아들이 친구 입대 모임 참석하러 부천에 간다고 전화를 했다. 아내 는 아들놈은 키워봐야 소용없다고 하면서도 데려다줘야 한 다고 나를 닦달했다. 시흥집에 있는 새로 산 등산복과 등산 화, 선글라스까지 모두 갖추고 무의도 산행에 가고 싶어, 아 들을 핑계로 강화에서 벗어나려는 속셈이었다.

조수석에 앉은 아내는 오후 한두 시 정도면 점심까지 곁 들인 산행이 끝나고, 날씨도 맑아 가을 맛을 만끽할 수 있다 며 묻지도 않은 말을 하기 시작했다. 내가 가기 싫은 산행을 마지못해 가는 것처럼 눈에 비친 모양이었다. 시흥에서 일 찍 출발한 우리는 가장 먼저 출발 장소에 도착할 것이라고 예상했다. 우리보다 더 부지런한 사람은 회장이었다. 어디 쯤 오는지를 확인하는 회장의 전화통화 모습이 차장 너머 로 보였다.

차를 주차장에 세우고 무의도행 배를 탈 수 있는 잠진도 로 향했다. 갯벌을 가로질러 용유도와 연결된 둑을 따라 걸 었다. 함께 산행할 수 없다고 하면서 집합장소에 나온 친구 는 못 내 아쉬웠는지 배 타는 곳까지 따라왔다. 간식을 일일 이 봉지에 담아 한 상자 가득 가지고 온 친구였다.

무의도 서쪽 끝 바닷가에서 출발한 산행은 세 시간 정도 걸렸다. 어릴 때 갔던 소풍 같았다. 전망이 좋은 곳에서는 어김없이 걸음 멈추고 단체 사진과 개인 사진을 찍었다. 사진 촬영을 위해 특별히 좋은 카메라를 준비해 왔다고 말하는 회장이 카메라를 들이대면 다들 어린아이가 되었다. 남는 건 사진밖에 없다고 정성을 다해 사진 찍는 회장 모습이 진지했다.

　해도 나지 않고, 덥지 않아 좋다고 한마디씩 했다. 지난번 마니산 산행에서 무릎 때문에 어려움을 겪은 친구가 맨 뒤에 쳐져 갔다. 그래도 그때보다 훨씬 나아 보였다. 다음 산행에는 훨씬 더 좋아질 것이다. 잡목으로 우거진 산길을 따라 내려왔다.

　산행 후 먹는 음식은 대부분 산에서 나는 것이 보통인데, 섬에 왔으니 조개구이가 먹고 싶다고 한마디씩 했다. 회장은 전화로 미리 조개구이와 매운탕을 시켜 놓았다고 했다. 해수욕장 입구에 있는 횟집이었다. 한 번의 나들이로 바닷가의 낭만과 산행의 즐거움을 모두 즐긴 하루였다. 오후 한 시쯤 끝날 거라는 아내의 말과 달리, 해가 떨어지고 어둠이 밀려올 때가 되어서야 끝이 났다.

새해 아침, 마니산에 가다

　새해 첫날, 특별히 할 일이 없었다. 그렇다고 마땅히 갈만한 곳도 없었다. 설사 간다고 해도 아이들은 각자 할 일이 있다며 따라나서지 않을 게 분명했다. 아내가 등산이나 가자고 말했다. 새로 장만한 모자와 등산 바지를 차려입고 나서고 싶었던 게다. 가까운 봉천산에나 다녀오리라 맘먹었다. 아침을 먹고 나자 아내가 말했다.

"어디로 갈 거야? 이왕 가는 거 마니산 가자"

　오르는데 삼십 분도 채 안 걸리는 봉천산보다 마니산이 모자와 등산 바지의 성능을 확인하는데 더 나을 거란 생각이 들었다.　날이 흐린 탓일까. 풀린 날씨치고는 바람이 차가웠다. 차에 시동을 걸었다. 새해 첫날에 갈 곳 없는 사람이 많은지, 주차장을 두 번 돌고 나서야 겨우 차를 세웠다.　싸락눈이 내리기 시작했다. 지난해 올랐던 계단 코스가 아닌 단군로로 접어들었다. 돌계단을 피해 선택한 이 길도 눈 때문에 미끄럽기는 마찬가지였다. 나뭇잎이 있는 곳을 디뎌가며 걸음을 옮겼다. 응달지역을 지나고, 양지바른 곳에 이르자 오르기가 조금 수월했다. 뿌리는 눈이 많지 않아도 사람의 발길이 닿지 않은 곳은 하얗게 변해있었다. 많은 사람이 산에 오르고 있었다. 가족끼리 온 사람이 유난히 많았다. 사십여 분이면 올라갈 정상에 한 시간이 훨씬 지나서야 올랐다. 철망 울타리로 사람의 접근을 막았던 참성단이 열려 있었다. 철문을 지나 계단을 올랐다. 태어나서 처음, 참성단에 발을 들여놓았다. 제단은 사람으로 발 디딜 자리조차 없었다. 신성한 장소인 이곳에서, 사람들이 설 자리조차 없는 이곳에 자리를 펴고 음식을 먹는 사람도 있었다. '조금 내려가서 먹어도 좋으련만' 참성단을 내려와 헬기장으로 걸음을 옮겼다. 귤 한 개와 오렌지를 꺼내 입에 넣었다. 눈이 내리는 산에서 하얗게 변한 세상을 보며 먹는 과일 맛은 평소보다 더 상큼했다.

어느새 눈이 그치고 안개가 밀려 왔다. 안개가 아니라 구름이었다. 서쪽에서 밀려와 동쪽으로 사라지기를 반복했다. 습기가 많아서인지 한기가 느껴졌다.

올라왔던 길이 아닌 계단으로 된 등산로로 방향을 틀었다. 미끄러우니 조심하라는 아내의 말을 들은 채 만 채 내려가기 시작했다. 지난해 이 계단 길에서 엉덩방아를 찧었던 아내는 겁을 먹고 있었다. 날이 푸근하고, 사람이 많은 탓에 발 딛는 계단 끝은 녹아 있었다. 걱정한 것만큼 미끄럽지 않아 힘들이지 않고 내려왔다. 산행을 시작한 지 두 시간 만에 주차장에 도착했다.

"우리가 올 때마다 눈이 오네" 새해 첫날 산행이 지난해 첫 번째 산행과 하얀 눈으로 이어 있었다.

3부

길마재에서

내가 알고 있는 맑은 샘물도 순수한 물이 아니다. 순수한 물이란 애초부터 자연에는 존재하지 않는다. 물맛이 좋다는 것도 순수한 물이 내는 맛이 아니라 물에 들어 있는 미네랄이 내는 맛이다.

나 역시 순수한 사람이 아니었다. 겉과는 달리 속에는 엉큼한 욕망이 숨어 있었다. 그런 욕망이 겉으로 드러나는 것이 두려워 다른 감정으로 그것을 감추기 바빴다. 그럴 때면 소금 바람이 불어오는 허옇고, 목마른 소금밭에 서 있는 것 같았다.

글을 쓰기 시작하면서 낯선 세상 사람을 만나기 시작했다. 비록 내가 순수하지 않더라도 내가 먼저 사람 맛 나는 사람, 솔직한 사람이 되라고 글쓰기는 나를 다그치고 있다.

비릿한 풀냄새가 잔디 깎는 소리에 실려 사방으로 퍼져 나간다. 파란 하늘에 새겨진 비행운이 오늘따라 하얗다.

초여름

잠결에 빗소리가 들렸다. 거센 바람 소리도 함께였다. 자리에서 일어나 현관문을 열자 습한 바람에 실린 빗방울이 얼굴을 때렸다.

때가 되면 어김없이 찾아와 봄과 여름의 징검다리가 되는 장맛비였다. 이 비가 그치면, 무더운 여름이 모습을 드러낼 게 분명했다.

친구 음악실로 가는 길바닥엔 장맛비가 몰고 온 바람에 누렇게 익은 살구가 떨어져 지천으로 널렸다. 같은 자리를 늘 지키고 있던 살구나무는 알맞게 익은 열매를 탐하는 손길도, 바라보는 시선도 모두 사라졌다는 사실에 놀라 왜 사람들이 자기를 잊었는지 스스로 묻고 있는 듯했다.

세상이 모두 바뀌었다는 것, 가난한 시절 만남은 다시 이루어지기 어렵다는 것을 자신만 모르고 있는지, 자기의 존재가 사람들 기억에서 사라지는 것이 두려워 아무렇지도 않은 듯 서 있는지도 모른다.

사람의 기억에서 점점 희미해지는 것은 진저리 나는 기

억을 다시는 떠올리고 싶지 않거나, 그런 추억조차도 없기 때문일 수도 있다. 어찌 되었든 세월이 흐르면 잊히는 것은 사람이나 나무나 같다.

동백꽃

'그리고 뭣에 떠다 밀렸는지 나의 어깨를 짚은 채 그대로 픽 쓰러진다. 그 바람에 나의 몸뚱이도 겹쳐서 쓰러지며 한창 피어 퍼드러진 노란 동백꽃 속으로 폭 파묻혀 버렸다. 알싸한 그리고 향긋한 그 냄새에 나는 땅이 꺼지는 듯이 온 정신이 고만 아찔하였다.'[2]

노란 동백꽃, 알싸한 그리고 향긋한 그 냄새라고 한 구절을 읽으면서도 의심 없이 빨간 동백꽃인 줄 알았다. 소설에 나오는 동백꽃이 생강나무 꽃이란 사실을 '김유정' 문학촌에 가서 알게 되었다.

강원도를 포함한 중북부 지역에서는 생강나무를 산동백나무 또는 동백나무로 불렀다고 한다. 동백나무가 자라지 않는 이 지역에서는 생강나무 열매에서 기름을 짜 여인들의 머릿결을 다듬거나, 밤을 밝히는 등잔 기름으로 이용했단다. 남쪽 지방에서 동백나무로부터 기름을 얻는 것처럼 생강나무에서 기름을 얻었기 때문에 이름도 동백나무라고 했다는 것이다. 춘천 태생인 김유정이 묘사한 동백꽃은 남

2)김유정, '동백꽃'

부 지방 해안에서 봄이면 피는 상록교목의 붉은 동백꽃이 아니라 자신의 고향에 지천으로 널려 있던 노란 생강나무 꽃이었다.

우리가 잘 알고 있는 노래 '소양강 처녀'에 나오는 '동백꽃 피고 지는 계절이 오면, 돌아와 주신다고 맹세하고 떠나셨죠.'라고 하는 노랫말 속에 있는 동백꽃 역시 생강나무 꽃을 말한다.

'노란 동백꽃, 알싸한 그리고 향긋한 그 냄새'라고 꽃의 특징을 읽으면서도 붉은 동백꽃으로 난 이해했다. 노란 동백꽃은 생각도 하지 않았다. 작가가 붉은 동백꽃을 잘못 기술했거나, 다른 꽃을 착각한 것이 아닌가 하는 의문도 갖지 않았다. 아무 의심 없이 붉은 동백꽃으로 지레짐작하고 책을 읽었다.

'소양강 처녀'를 따라 부르면서도 동백꽃이 추운 소양강변에서는 피고 질 수 없다는 것을 왜 생각하지 못했을까. 천자문을 배우면서 하늘은 푸른데, 왜 검다고 하느냐며 공부하기 싫다고 했다는 옛이야기 속 학동보다도 나는 어리석다.

이른 봄 산에서 쉽게 볼 수 있는 생강나무는 노란 꽃을 피워 봄이 왔음을 알린다. 나무 중에서 가장 먼저 꽃망울을 터뜨린다. 인가 근처의 야산에서는 이월 말쯤, 깊은 산에서는 삼, 사월에 걸쳐 꽃이 핀다. 꽃은 거의 한 달 정도 피어 있는데, 나중에는 진달래와 섞여 봄을 알리는 데 한몫한다. 노란 꽃이 지고 나면 콩알만 한 열매가 열린다. 초록빛에서 노랑,

분홍을 거쳐 검은빛을 띤다. 가을이 되면 셋으로 갈라진 커다란 잎이 노란색으로 물든다. 생강나무의 한해살이는 노란 꽃으로 시작하여 노란 단풍으로 마감하는 것이다.

생강나무의 나무껍질은 회색을 띤 갈색이며, 표면은 매끄럽다. 우리나라에 생강이 들어오기 전에는 나무껍질과 잎을 말려서 가루를 내어 양념이나 향료로 썼다고 전해진다. 차나무가 자라지 않는 추운 지방에서는 차대용으로 이용되었는데, 어린싹이 참새 혓바닥만큼 자랐을 때 따서 말렸다가 차로 마시기도 하고, 연한 잎을 따서 말린 뒤에 찹쌀가루를 묻혀 기름에 튀겨 먹기도 했다고 한다. 향긋한 생강 냄새를 즐긴 것이다.

산에 있는 생강나무보다 조금 앞서, 마을 부근의 빈터나 밭둑에는 얼핏 보아 생강나무 꽃과 똑같은 꽃이 피는 나무가 있다. 바로 산수유다. 나무껍질을 보면 매끈한 것은 생강나무, 껍질이 갈라지고 얇게 벗겨지는 것이 산수유다. 두 나무 모두 여러 개의 작은 꽃이 모여 핀다. 꽃만 보아서는 구별이 쉽지 않은데, 산수유는 꽃자루가 길고 꽃잎이 네 장, 생강나무는 꽃자루가 짧고 꽃잎이 여섯 장이다.

봄이 온 것을 먼저 알려주는 산속의 생강나무, 마을의 산수유 꽃 모두 노랗고, 구별이 쉽지 않을 정도로 닮았다. 유치원에 다니는 어린아이도 노란 옷을 입고, 노란 버스를 탄다. 어둠에서 깨어나, 새로 시작하는 것은 모두 노랗다. 봄엔 노란 물이 든다.

회화나무

  장안성벽 아래 비림에는 아름드리나무가 줄지어 서 있었다. 사월이지만 우리나라 유월처럼 따가운 햇볕을 피해 나무 그늘로 들어갔다. 내 앞에 딱 버티고 선 나무의 이파리가 아까시를 닮았다. 나무 표찰에 國槐(Sophora japonica)라는 글귀가 쓰여 있었다. 괴(槐)자를 찾아보니 홰나무 괴(槐)자, 즉 회화나무를 가리키는 글자였다. 중국어 발음이 '홰'(huái)이기 때문에 우리나라에서 회화나무, 혹은 홰나무로 불렸다고 한다. 한자로는 '괴목(槐木)', 다른 이름으로는 '학자수(學者樹)', 영어 이름은 같은 뜻의 '스칼러 트리(scholar tree)'라고 한다.

  회화나무는 콩과의 낙엽 지는 큰키나무로 키는 25m, 나무 둘레는 네댓 아름에 이를 정도로 자라며 중국이 원산지이다. 오래전에 우리나라에 들어와 관상수로 심어졌다. 옛사람은 이 나무를 최고의 길상목(吉祥木)으로 여겨, 집안에 심으면 가문이 번창하고, 큰 인물이 난다고 생각했다. 또 잡귀가 감히 범접하지 못할 좋은 기운이 모여 있다고 여겼다.

이런 이유로 아무 곳에나 함부로 심지 않았다. 궁궐, 서원, 선비의 집에 심었고, 임금이 공이 많은 학자나 관리한테 상으로 내리기도 했다. 일반 백성은 회화나무를 심을 수 없었으나, 나무 위쪽에서 먼저 꽃이 피면 풍년이 들고, 아래에서 먼저 피면 흉년이 든다고 믿었다. 나무 가운데서 으뜸인 신목(神木)으로 대접받은 것이었다.

회화나무에 대한 집착은 유교 이데올로기로 무장한 조선시대에 널리 퍼진 것으로 알려져 있다. 주나라의 관제를 기록한 주례(周禮)에 의하면, '면삼삼괴삼공위언(面三三槐三公位焉)'이라 하여 궁궐의 외조(外朝)에서 왕이 여러 관료를 만날 때, 영의정, 좌의정, 우의정 등 삼공 자리에 회화나무를 심어 그 자리를 나타내는 표시로 삼았다. 이 때문에 삼공(三公)의 위(位)를 괴위(槐位)라 하고, 대신의 가문을 괴문(槐門)이라 불렀다. 이런 까닭에 회화나무를 심으면 출세한다고 믿었고, 선비가 이름을 얻은 뒤에도 회화나무를 심었다. 창덕궁 돈화문 안에는 여덟 그루의 나이 든 회화나무가 있는데, 천연기념물로 지정되어 있다. 돈화문 주변은 조정의 관료들이 일하는 관청이 배치된 외조에 해당하는 공간이었기 때문에 회화나무를 심었을 것이다.

우리나라에서 회화나무는 전국 어디에서나 볼 수 있는데, 느티나무, 팽나무, 은행나무와 함께 오래 살고 크게 자라는 나무이다. 요즈음 가로수로 심겨 있는 모습도 많이 볼 수 있다. 서울의 강남구 압구정동과 연신내, 부천 중동에는 가로수가 거의 회화나무이고, 내가 사는 동네 건널목에는 큰 회화나무가 있어 신호를 기다리는 사람들에게 시원한 그늘을 만들어 주고 있다. 회화나무는 추위와 공해에 강하고, 나무 모양도 단정하며 병충해도 거의 없어 공원의 조경수, 도로의 가로수로도 좋다. 콩과 식물이므로 척박한 땅에서도 잘 자라고, 탄소동화작용이 활발하여 모든 나무 중에서 산소를 가장 많이 만들어 낸다고 알려져 있다.

옛날에도 거리에 회화나무를 심었다는 이야기가 전해지고 있다. 안동 시내에는 회화나무 거목이 많은데, 조선 시대 명재상이었던 맹사성이 심은 것이라고 한다. 그가 안동 부사로 부임하여 거리를 순찰하는데 여기저기에서 여인의 울음소리가 끊이지 않았다. 주위 사람들에게 그 이유를 물어보니 이곳엔 오래전부터 젊은 과부가 많은데 남편을 잃은 그녀들의 울음소리라고 했다. 풍수지리에 밝았던 그가 안동의 지세를 살펴보니 과부가 많이 날 형국이었다. 거리 곳곳에 회화나무를 심게 한 이후 과부가 더 늘어나지 않았다고 한다.

과부가 더 늘지 않은 것은 회화나무가 가진 풍수 효과 때문이 아니라 나무의 약효 때문인지도 모를 일이다. 8월 즈음 회화나무 가지 끝에는 연한 노란색 꽃이 핀다. 이 꽃을 괴화(槐花)라고 부르며, 고혈압의 예방과 치료 약으로 쓰였다. 꽃봉오리 모양이 쌀을 닮아 이를 괴미(槐米)라고도 불렀다. 회화나무 꽃에는 꿀이 많아 벌들이 많이 모여들고, 꿀

중에서 약효는 물론 항암효과도 높은 것으로 알려져 있다.

　백성은 심지도 못했던 회화나무가 권위를 상징하는 신성한 나무에서 도로변에 심는 가로수로 전락하고, 누구도 알아봐 주지 않는 나무로 변해버렸다. 한 자리에서 태어나 그 자리에서 죽음을 맞는, 생과 사의 자리가 같은 회화나무의 잘못이 아니라 세상의 인심이 변한 탓이다.

이팝나무

하얀 꽃이 흐드러져 있었다. 잎과 가지가 백설기 가루에 뒤덮여 있는 듯했다. 언뜻 보면 쑥과 쌀가루를 버무린 쑥 범벅처럼 보였다. 이밥, 즉 쌀밥을 닮은 이팝나무 꽃이었다. 옛날에는 벼슬을 해야 흰 쌀밥, 쌀밥을 먹을 수 있었다. 그래서 조선 시대부터 쌀밥을 '이(李) 씨의 밥'이란 의미로 '이밥'이라고 했다는 설이 있다. 또 다른 설은 중국 남부 지역에서 벼를 '네', '누안'등으로 부르고 있는데, 우리가 '논', 쌀밥을 '이팝'이라고 하는 것이 모두 여기에서 유래되었다고 한다.

이팝나무는 키가 20~30미터 정도 자라는 큰 나무다. 입하(立夏)(5월 초순)부터 잎이 보이지 않을 정도로 많은 꽃이 핀다. 가늘게 넷으로 갈라진 하얀 꽃잎이 밥알같이 생겨서, 양식이 떨어져 보릿고개를 넘겨야 했던 백성의 눈에는 하얀 꽃이 흰 쌀밥으로 보였을 것이다. 배불리 밥 먹기를 꿈꿨던 백성의 소망이 담긴 슬픈 꽃이다. 이른 봄에 피는 조팝나무, 공조팝나무도 꽃이 하얗다. 어김없이 밥이란 말이 붙었다.

입하(立夏) 전후에 꽃이 피기 때문에 입하 나무로 불리다
가 이팝나무로 변했다는 설도 있다. 전북 일부 지방에서는
입하목이라고 부르는데, 다른 지역보다 그나마 형편이 나
아 그렇게 불렀을지도 모른다. 이팝나무를 처음 본 서양 사
람이 눈이 쌓인 눈꽃나무(snow flower)라고 이름 붙인 것
을 보면, 자신이 처한 상황과 환경이 이름에 그대로 담겨 있
음을 알 수 있다.

이팝나무에 얽힌 옛이야기는 애달프다. 제삿밥을 짓던 며
느리가 뜸을 확인하려고 밥알을 입에 넣었는데, 오해한 시
어머니가 심하게 구박해 죽었단다. 며느리 무덤가에서 이
팝나무가 자라났다고 한다. 기근으로 먹지 못해 아이가 죽
으면 그 영혼을 달래기 위해 이팝나무를 무덤 곁에 심었다.
비록 이승에선 먹지 못했지만, 저승에서라도 배불리 먹이
려는 간절함이 담겨 있다.

이 땅의 백성은 이밥에 고깃국 먹는 것이 소원이었다. 모
든 사람이 흰쌀밥을 마음껏 먹을 수 있게 된 때가 쌀이 이
땅에 들어온 지 삼천여 년이 지난 1977년부터였다. 배고픔
이 해결된 때가 그리 오래되지 않았다는 데에 새삼 놀랍다.
다시는 밥이란 단어가 붙는 나무가 이 땅에 생기지 않을 것
이다.

한편, 옛사람들은 이팝나무를 기상목, 혹은 천기목(天氣
木)이라 하여 다가올 기후를 예상하는 지표 나무로 삼았

다. 꽃이 피는 상태를 보고 한 해 농사를 점쳤다. 물기가 많은 것을 좋아하는 이팝나무의 특성을 이용한 것이었다. 꽃이 많이 피고 오래 가면 물이 풍부해서 풍년을 예상했고, 반대의 경우엔 흉년이 든다고 봤다. 이팝나무는 우리나라 남부 지방에서 주로 자랐다. 현재 이팝나무 일곱 그루가 천연기념물로 지정되어 있다. 지금은 중부지방에서도 가로수로 널리 심었다. 2005년 완공된 청계천 복원공사 때 이팝나무를 가로수로 심기 시작해 서울 가로수 중 다섯 번째로 많은 나무가 되었다. 포항이 고향인 당시 시장이 고향에서 늘 보고, 좋아했던 이 나무를 선정했다는 소문도 있었다. 이후 이팝나무가 청계천 가로수로서 잘 자라는 것을 본 많은 지방자치단체가 이 나무를 가로수로 심기 시작했다. 나무 이름이 시대 상황을 반영하듯, 가로수의 인기도 정치 권력에 따라 좌우되는 것 같아 씁쓸하다. 바람에 이팝나무가 흔들린다. 하얀 백설기 가루가 눈이 부시다. 다시는 이 땅에 밥이란 말이 붙는 나무가 생기지 않길.

가시

  해당화 묘목은 말라비틀어진 나뭇가지처럼 보였다. 잔뿌리도 보이지 않고, 줄기엔 털처럼 보이는 가는 가시만이 무성했다. 동쪽 울타리에 네 그루를 심었다. 몇 주가 지나자 한 그루에서만 조그만 싹이 밑동에서 나왔다. 나머지 세 그루는 죽은 듯이 변화가 없었다. 뽑아 버리고 싶은 충동을 억제하고 내 버려두었다. 싹이 돋았던 한 그루마저 지나다니는 발길에 싹이 부러지고 난 후 다른 것들과 같은 몰골로 바뀌더니 영영 살아나질 않았다.

  장마가 시작될 무렵, 죽은 모양을 하고 있던 세 그루에서 조그만 싹이 돋기 시작했다. 새로운 땅과 바람에 해당화가 적응하는 데 그리 많은 시간이 걸리는 줄 미처 알지 못했다. 척박한 땅에서 꽃이 피고, 그윽한 향을 풍기기 시작한 해당화엔 잔가시가 가득했다. 자신이 힘들게 키워낸 꽃을 보호하고, 자기 몸을 지키기 위해서일까.

  꽃이 예쁘고, 가시가 있는 화초를 주변에서 많이 본다. 태양 아래에서 흐드러지게 피는 장미가 대표적이다. 자그마

한 꽃에 짙은 향기를 가진 탱자에도 거친 가시가 있다. 이런 가시는 줄기가 진화해서 만들어진 것이라고 한다. 가시는 인간뿐 아니라 초식동물로부터 자신을 보호하고, 온갖 동물과 해충으로부터 꽃을 온전히 지켜 자신의 씨를 널리 퍼뜨리기 위한 최후의 방어선이다. 꽃이 예쁘지도 않고, 짙은 향기도 없지만, 가시를 가진 식물도 있다. 선인장은 척박한 땅에서 살아남기 위해 잎 대신 가시를 만들어 냈다. 수분의 증발량을 최대한 줄이려는 몸부림의 흔적이 바로 가시다.

봄이 되면 새순을 나물로 먹는 엄나무에도 억센 가시가 있다. 엄나무 새순을 사람만 좋아하는 것이 아니라, 산속의 초식동물도 새순을 좋아해서 돋아나는 즉시 먹어 버린단다. 먹을 것이 부족한 초봄에는 엄나무 새순이 안성맞춤의 먹거리인 것이다. 쌉쌀한 새순에 산삼 버금가는 약효가 있다는 것을 그들도 알고 있는지도 모른다. 엄나무는 자기의 새순을 보호하기 위해 가시를 만들어 낸 것이다. 엄나무가 사람 키 높이 이상 자라면, 가시는 점차 사라진다고 한다. 사람의 손이 닿지 않고, 동물의 주둥이가 닿지 않기 때문에 굳이 가시를 만들어 내면서까지 새순을 보호할 까닭이 사라진 탓이다.

물고기에게도 가시가 있다. 썩어도 준치라고 하는 준치는 오월 단오 때 잠시 나왔다가 들어가는데, 비늘이 유난히 크고, 가시가 매우 많으나, 생선 중에서 가장 맛이 좋다고 하여 진짜 생선이라는 뜻의 '진어(眞魚)'에서 유래되었다고 한다. 준치는 유난히 가시가 많은 생선으로 가시가 살 틈에 온통 박혀있어, 먹기가 까다로운 것으로 치자면 준치를 따를 만한 생선이 없다고 전해진다. 또 다른 이야기로는 옛날 사람들이 준치를 너무 즐겨 먹어 멸종의 위기에 놓였다고 한다. 그러자 용왕께서 준치에 가시가 많으면 사람들이 쉽게 잡지 먹지 않으리라고 생각하고, 모든 생선의 가시를 하나씩 빼서 준치의 몸에 꽂아 주어 가시 많은 생선이 되었다는 이야기도 있다. 준치가 자신과 종족을 위해 많은 가시를 만들어 낼 수밖에 없는 것은 식물이 가시를 만들어 자신을 보호한 것과 같은 이치이다.

가시는 순우리말로 아내, 여인이라는 뜻도 있다. 찔리면 아픈 가시와 같은 말이다. 사람 중에도 톡톡 쏘는 여자를 보면 가시가 있다고 이야기한다. 예부터 예쁜 여자는 가시가 있다고 했다. 본래 가시가 있는 여자가 아니었을 것이다. 예쁘다 보니 남자의 눈길을 많이 받고, 집적대는 손길로부터 자신을 지키기 위해 어쩔 수 없이 가시를 만들어 낸 지도 모를 일이다. 말투도 성격도 가시처럼 날카로운 것은 자신을 지키기 위한 마지막 무기였음이 틀림없다. 예쁜 꽃을 갖기 위해 가시에 찔리면서도 가지를 꺾으려 달려드는 인간의 못된 속성이 남자에게도 예외 없이 나타나고 있음이다. 여자는 가시가 있고, 가시는 바로 여자를 상징한다. 가시가 아내, 여인을 나타내는 이유가 여기에 있지 않을까.

사람은 나이가 들면서 엄나무 가시가 사라지듯 매서움도

사라지며 세상일에 무뎌진다. 미모가 뛰어났던 사람도, 남들보다 능력이 월등했던 사람도 다름이 눈에 띄지 않는다. 자기에게 관심을 보이는 사람이 사라진 탓이다. 가시가 없는 사람은 잊힌 사람이다. 가시 있는 꽃, 가시 있는 사람이 부럽다.

맹자(孟子)를 생각하며

한 아이 앞에 쭈그리고 앉아 책가방을 함께 잡은 대통령 사진이었다. 바닥에 책가방을 놓고 아이가 사인받을 종이를 찾자, 그 앞에 앉아 기다리고 있는 사진이라고 설명이 붙어 있었다. 그 밑에 달린 '아이 눈높이에 맞춰 무릎 꿇어주는 대통령, 아~ 먹먹합니다.'라는 댓글이 사진의 감동을 고스란히 전달하고 있었다. 그동안 이런 지도자 모습을 볼 수 없었다. 사람을 안쓰럽게 생각하고 측은하게 여기는 마음, 측은지심이 지도자의 기본 자질임을 떠올린다.

맹자(孟子)는 남을 사랑하여 측은하게 여기는 마음, 즉 측은지심(惻隱之心)이 백성을 위한 왕도정치(王道政治)를 펼치는 데 있어 가장 기본이라고 설파했다. 이런 맹자를 중국 명나라 태조 주원장은 극도로 싫어했다. 평민 신분으로 통일왕조의 황제가 된 사람임에도 불구하고, '맹자' 이루 장구 하편 제 3장(離婁章句 下 三章) '君之視臣 如土芥 則臣視君 如寇讎' '임금이 신하를 흙이나 지푸라기처럼 여기면 신하는 임금을 원수처럼 여긴다.'를 보고 불같이 화를 냈다고 한다.

진심장구 하편 14장(盡心章句 下 十四章) '孟子曰 民爲貴 社稷次之 君爲輕, 是故得乎丘民 而爲天子, 得乎天子 爲諸侯, 得乎諸侯 爲大夫, 諸侯危社稷 則變置'이라는 구절도 마찬가지다. '맹자가 말하길 백성이 가장 귀하고, 사직이 그다음이며, 군주는 가벼운 존재다. 그러므로 백성의 신임을 얻은 이가 천자가 되고, 천자의 신임을 얻은 이가 제후가 되며, 제후의 마음을 얻은 이가 대부된다. 제후가 사직을 위태롭게 하면 바꾸어 다시 세운다.'라고 적혀 있다.

나라의 으뜸은 백성이기 때문에 군주가 나라를 다스리는 데 있어 백성을 위한 정치를 제대로 못 할 때는 아무리 군주라도 바꾸어 다시 세울 수 있다고 말한 것이다. 주원장은 '맹자'가 혁명을 부추겨 왕조를 무너뜨릴 수 있는 불온서적으로 보았다. 맹자가 내세운 왕도정치가 왕권 및 자신의 체제를 위협할 수 있는 사상으로 생각했기 때문이다.

그는 문묘(文廟)에서 맹자를 빼라고 명령하고, 학자 유삼오를 시켜 '맹자'를 다시 쓰도록 했다. 그렇게 만든 책이 '맹자절문'(孟子節文)이다. '맹자' 가운데 85개 구절이 삭제되었는데, 만장장구 하편 9장(萬章章句 下 九章) '君有大過則諫 反覆之而不聽則易位' '군주가 큰 잘못이 있으면 간하고, 반복해 간해도 듣지 않으면 군주의 자리를 바꾼다.'라는 혁명의 문장도 사라졌다.

국사 국정교과서를 만들어 배포하려고 한 정권도 이런 맥락이었을 것이다. 권력자는 자신의 마음에 들지 않는 부분을 책이나 역사에서 빼고 싶어 하는 것이 세월이 흘러 세상이 바뀌어도 변하지 않는다는 사실이 씁쓸하다.

　백성을 두려워해야 한다는 맹자의 가르침은 왕조시대뿐만 아니라 현재도 위정자가 반드시 갖추어야 할 덕목임이 틀림없다. 우리나라 헌법에도 주권은 국민에게 있고, 모든 권력은 국민에게서 나온다고 적혀 있다. 이것은 대통령을 포함한 국민의 대표는 먼저 국민이 어떤 생각을 하고, 어떤 것을 원하는지를 헤아려야 한다는 뜻이다.

　권력이란 국민으로부터 위임받은 것임으로 국민의 뜻에 반하여 행동하여 신의를 저버렸다면 자리에서 당연히 물러나야 한다. 절대 권력을 누렸던 왕조시대 군주조차 백성을 귀하게 여기고, 두려워했다는 것은 민주주의 시대인 현재 더욱 기억하고 따라야 할 덕목인 동시에, 어진 정치, 인의 정치를 실현하는 길임을 말하고 있다.

옛날 책을 찾다

　옛날 사람이 읽은 책은 어떻게 만들고, 어떤 이유로 귀하게 되었을까? 구텐베르크가 만든 금속활자는 서양 사회에 거대한 사회적, 문화적 변화를 일으켰다. 이와는 달리 금속활자를 세계최초로 발명한 우리나라는 고려, 조선 시대에 걸쳐 눈에 띄는 변화나 발전이 없었다. 구텐베르크의 인쇄술이 지식 독점을 무너뜨림으로써 중세를 붕괴시키고, 사회에 거대한 변화를 일으켰지만, 우리 금속활자는 오히려 기존 질서를 고착시키는 쪽으로 나아갔기 때문이라고 학자는 이야기하고 있다.[3]

　특히 조선 시대의 출판은 대부분 관(官) 주도하에 국가이념, 즉 유교 이념을 전파하는 매체로서 성격이 강했다. 이렇게 출판되는 책도 주로 고위관리와 양반에게만 배포되었기 때문에 생산과 유통이 제한적이고 폐쇄적이었다. 유교 이념을 국가의 기본으로 삼은 조선은 백성을 교화시키는 수단으로만 출판을 활용했다. 관 주도로 출판된 서적을 관판본(官板本)이라고 부르고, 교서관(校書館)이 출판을 담당한

---

[3] 강명관, '조선시대 책과 지식의 역사'

대표적인 중앙관청이었다.[4]

　그렇다면 조선 시대 책값은 얼마 정도였을까? '중종실록 (중종 24년, 5월 25일)'에는 다음과 같이 '어득강'의 말이 실려 있다. '外方之儒, 雖有志於學, 以無書冊, 不能讀書者, 亦多有之. 其窮乏者, 不能辦價買冊, 而雖或有辦價者, 如 中庸, 大學 亦給常緜布四三匹買之, 價重如此, 故不能買之', '지방에 있는 유생 중에는 비록 학문에 뜻이 있지만, 서책이 없어 독서를 하지 못하는 사람도 또한 많이 있습니다. 가난한 사람은 책값을 마련할 수 없어 책을 사지 못하고, 혹 값을 마련할 수 있다 해도 '대학'이나 '중용' 같은 책은 상면포(常綿布) 3~4필은 주어야 살 수 있습니다. 값이 이처럼 비싸므로 살 수가 없습니다.'

　요즘 화폐로 책값을 추정해 보자. 조선 시대 면포 서너 필은 쌀 두 가마 값에 해당했다고 한다. 요즘 쌀 한 가마 (80㎏) 가격이 이십만 원 정도인 점을 고려하면, 조선 시대 책 한 권 값은 무려 사십만 원에 이른다. 2009년에 고려원 북스에서 발행한 '대학, 중용'의 경우, 번역문과 원문을 합쳐 411쪽인데도 만 삼천 원이었다. 강명관의 '조선 시대 책과 지식의 역사'에 따르면 영조 때 인쇄, 보급된 '대학'과 '중용'은 각각 178면, 294면이었다고 한다. 따라서 조선 시대 책은 고가의 보물인 셈이었다.

　조선 시대 책값이 비싼 이유는 고가의 종이와 활자, 인쇄 기술자 확보가 어렵기 때문이었다. 책을 출판하려면 금속

4) 문화재청, '책으로 백성 길들인 독점출판 조선'

활자, 목활자, 목판제작이 이루어져야 한다. 금속활자를 이용하여 한자(漢字)로 쓰인 책 한 권을 만들려면 한자 수만큼 활자가 있어야 한다. 한 번 주조 때마다 십만 자를 넘기기 일쑤였다고 한다. 금속활자는 구리와 철로 만드는데, 이를 구하는 것 자체가 국가기관이나 왕실 또는 돈 많은 가문이 아니고서는 불가능한 일이었다. 종잇값 또한 활자나 목판제작 비용과 맞먹어 책 출판을 어렵게 했다. 출판에 필요한 모든 재료가 구비 되었다고 해도 활자를 주조하고, 판목을 새기며, 이를 종이에 찍어 낼 인쇄기술 장인이 필요했다. 이런 장인은 관청에 소속된 천민 신분이었기 때문에 개인적으로 고용하는 것이 어려웠다. 이런 막대한 출판 비용과 장인 동원의 어려움 때문에 국가기관에서 활자를 만들고 책을 출판할 수밖에 없게 된 것이다.

국가가 인쇄, 출판을 담당함으로써 지식을 공급하는 유통 주체가 되었다. 어떤 책을 찍어 배포할 것인가는 오로지 왕과 관료가 결정했다. 책의 인쇄와 출판을 국가가 독점함으로써 민간에서의 인쇄, 출판, 유통이 이루어지지 않았다. 이런 이유로 책값은 일반 백성이 감당할 수 없을 정도로 비싸, 새 책을 구매하기란 매우 어려웠다. 남의 책을 빌려 필사하거나, 활자본인 책을 한 장씩 뜯어내 이를 목판에 붙인 다음, 글자를 새겨 판본을 제작, 배포하기도 했다. 금속활자로 인쇄된 서적이 드문 이유가 여기에 있다고 한다.

이웃 나라 일본은 어땠을까. 조선 후기에 해당하는 에도 시대 일본에서는 책의 출판과 유통이 민간에서 활발하게 이루어졌다. 임진왜란 때 포로로 끌고 간 인쇄 및 종이 기술자가 있었고, 서양문물에 대한 객관적인 접근이 가능했던 난학이 발전했기 때문이다. 조선 영조 시대인 1774년, 일본은 서양 해부학책 '해체신서'를 번역하여 출판했다. 영조와 신하들이 이 책을 보았다면 어떤 반응을 보였을까. 그로부터 100년 후, 조선은 외세 열강에 시달리며 쇠락의 길을 걷고, 일본은 근대화의 길로 들어섰다. 일본의 근대화 성공 바탕에는 다양한 지식의 흡수와 전파를 가능하게 한 활발한 책의 출판과 유통이 자리 잡고 있다. 1863년 후쿠자와 유키치의 '서양사정'이 이십만 부 이상 발행되었다는 것은 지식의 유통이 상상을 뛰어넘을 정도로 활발했다는 것을 의미한다. 책의 제작과 유통이란 측면에서 당시 조선은 일본의 상대가 되지 않았다.

조선 후기 문인 '이덕무'는 책에 해선 안 될 행동으로 '침을 묻혀 책장을 넘기지 말라, 손톱으로 줄을 긋지 말라, 먼지떨이처럼 창과 벽에 휘둘러 치면 안 된다.'라고 했다. 이것은 책이 마음의 양식이니 귀하게 다루라는 뜻 이면에 책이 너무 비싸고 귀해 보물처럼 여길 수밖에 없는 현실을 나타낸 것은 아닌지 모를 일이다.

서양 사회에 거대한 변화를 일으킨 구텐베르크의 금속활자와 달리 우리의 금속활자는 세계최초라는 것 이외에 자랑할 만한 것이 눈에 띄지 않는다. 지식 독점을 무너뜨리

197

지도, 다양한 출판과 활발한 유통을 이루지도 못했다. 구슬이 서 말이라도 꿰어야 보배라는 속담이 옛날 책에 딱 어울리는 말이다.

가을이 익는다

해 질 무렵 산에 오른다. 집을 나서면 쉽게 갈 수 있고, 사람이 붐비지 않은 산이다. 생강나무 꽃이 활짝 필 때든, 눈발이 꽃잎처럼 휘날릴 때든 언제나 좋다. 나무 사이로 난 한적한 등산로를 따라 오르면, 거친 숨소리가 발소리에 실려 귀를 어지럽힌다. 숨이 턱까지 차오를 때쯤 산꼭대기에 다다르고, 가쁜 숨을 몰아쉬며 바다로 떨어지는 해를 바라본다.

펄펄 끓는 삼복에 서늘한 그늘을 만들어 주던 신갈나무 사이로 붉게 물든 단풍잎이 보인다. 산 아래 남쪽 호조벌이 어느새 누렇게 변했다. 구름과 노을이 만든 붉은 파노라마가 소래포구 앞에 펼쳐진다. 순식간에 온 사방이 가을빛에 물들어 버린다. 지난여름 열기를 식히기 위해서인지 서늘한 바람이 불어온다. 그동안 가을빛을 제대로 보지 못했다. 마음의 여유가 없던 탓이다. 예전과 다르게 가을빛이 보이는 것은 내가 알지 못하는 또 다른 이유가 있는지도 모를 일이다.

가을을 '익는다, 깊어 간다.'라고 흔히 말한다. 다른 계절은 '겨울 추위가 기승을 부린다. 봄이 절정에 다다랐다. 펄펄 끓는 여름이다'라고 단순히 몸이 느끼는 감각만으로 표현한다. 왜 가을을 '익는다, 깊어 간다.'라고 이야기할까.

무엇이 익으려면 상당한 열이 가해져야 한다. 따뜻한 정도가 아니라, 비명을 지르며 손을 거둬 드릴, 데일 정도로 뜨거운 열기가 있어야 한다. 가을이 익는다는 것은 만물이 교접하는 봄의 절정을 거쳐 펄펄 끓는 여름을 겪었기 때문이다. 머리로 생각해서 찾아낸 말이 아니다. 몸이 겪은 바를 그대로 나타낸 말이다. 가을은 익어 가고, 깊어 간다. 산이 높으면 골도 깊은 것처럼, 기온이 뚝뚝 떨어지면 가을은 점점 더 깊어 간다.

가을이 익고, 깊어 가는 것처럼 사랑도 깊어지려면 뜨겁게 달아올라야 한다. 견디기 어려울 정도로 뜨거운 여름이 지나야 가을에 열매를 맺는 이치와 같다. 남보다 훨씬 뜨거운 열기에 신음하고, 괴로워해야 한다. 뜨거움을 겪지 않은 설익은 사랑은 오래갈 수 없다. 사랑도 열기에 제대로 익어야 오래가고, 오래되어야 깊은 맛이 난다. 그렇다고 열기만 필요한 것이 아니다. 불을 죽여 뜸을 들여야 밥맛이 제대로 나는 것처럼 잠시 열기가 식어야 한다. 사랑이 식는 게 아니라 비로소 사랑이 익는 것이다.

어떤 작가는 '아픔 없이는 사랑일 수 없다.'라고 했다. 젊을 땐 그 말을 그리움 정도의 아픔이라고 이해했다. 그 아픔이 뜨거움에 데인 쓰라린 가슴의 상처란 것을 이제야 알았다. 데인 상처가 바로 깊은 사랑의 징표였다. 상처가 아물었다는 것은 그를 다시는 떠올리지 않고, 그의 존재가 내 마음에서 사라졌음이다. 세월이 약이란 말이 딱 맞는다.

가을이 깊어 가면 갈수록 난 가을을 탄다. 하고 많은 탈 것 중에 탈 것이 없어서 가을을 타냐는 비아냥을 듣기도 한다. 가을 탄다는 말 속에는 마음속에 숨겨 둔 사람을 만나고 싶은 바람이 숨어 있다. 나이가 들수록 이런 바람은 좀처럼 이루어지지 않는다는 것을 모르지 않는다.

맑은 샘물도 순수한 물이 아닌 것처럼 나 역시 순수하지 않았다. 겉과는 달리 속에는 엉큼한 욕망이 숨어 있었다. 이런 속내가 겉으로 드러나는 것이 두려워 다른 감정을 억지로 짜내 감추기 바빴다. 그럴 때면 소금 바람이 불어오는 허옇고, 목마른 소금밭에 서 있는 것 같았다. 비록 내가 순수하지 않더라도 사람 맛 나는 편한 사람을 원했다. 특히 기온이 뚝뚝 떨어지는 가을엔 더 간절했다. 날 감추거나 숨길 것 없이, 있는 그대로 보여 줄 수 있는 사람이면 그만이었다. 내가 세상을 삐딱하게 보고, 의심의 눈초리로 무엇이든 바라보는, 착한 사람보다는 못된 사람, 순종적이기보다 반항적인 사람이기 때문이었다. 주위에서 그런 사람이 모두 사라졌다고 생각했다. 물건을 어딘가에 처박아 놓고도 기억해 내지 못해 안달하는 것처럼 그런 사람을 기억해 내지 못하고, 기억해 내려 하지 않으면서 우울해하고 있는지도 모를 일이다. 태풍이 지나간 자리에 가을이 익는다. 가을 타는

잿빛 남자가 아니라 불타는 가을빛 속에 묻힌 뜨거운 나를 상상한다.

인생은 늙어가는 것이 아니라 익어 가는 것이라고 한 노랫말이 떠 오른다. 노랫말을 지은이는 견디기 어려운 고통스러운 삶을 살고, 이제는 여유롭게 지내고 있을 것이다. 뜨거움을 경험했기 때문에 늙어가는 것을 익어 간다고 말하지 않았을까. 그저 늙어가는 내가 아니라 익어 가는 사람이 되고 싶다. '얼마나 살겠다고 왜 그러고 다녀'라는 아내의 바가지에도 나를 더 뜨겁게 달궈 살련다. 가을이 깊어 간다. 아니 익어 간다.

인연(因緣)

최명화가 연주하는 인연(因緣)을 들을 때면, 달빛 아래 모래사장으로 밀려오는 파도 소리였다가 어느새 댓잎에 떨어지는 빗방울 소리로 바뀐다. 가슴 깊은 곳에 묻어 둔 인연(因緣)의 끈이 피리 소리에 끌려 나온다. 풀 향기 나는 머릿결을 살랑대며 걸어가는 그녀를 만나고, 마음을 설레게 하는 속삭임을 듣는다. 초저녁 지렁이 우는 소리를 따라 마당에는 바다 안개가 밀려온다. 나무 울타리 거미줄에 살포시 이슬이 맺힌다.

거친 숨소리
내딛는 발자국 소리
보이는 건 앞으로 난 길 하나
검은 나무가 그냥 스쳐 간다
머릿속을 흔드는 수많은 말
마음속엔 같이 있다는 그 말
뛰는 가슴

얼굴을 감싸는 뜨거움

　황색 가로등 따라 내려가면

　그가 날 반겨 줄까

　내 속을 보여주지도 못한 채, 시간이 지나고 나면 틀림없이 후회할 것 같았다. 마지막일지도 모른다는 생각에 그가 더 보고 싶었다. 그가 나를 외면하든, 내 앞을 가로막고 나서든 상관없이 마주 봐야겠다고 마음먹었다. 삶을 재미없게 만든 외로움을 끝내고, 순수함과 따뜻함을 만날 수 있는 마지막 기회였다.

　커피 한 잔을 비웠다. 예상했던 시간보다 십여 분을 더 보내고 자리에서 일어섰다. 그의 마음속에 자리 잡은 괴물의 실체를 파악하지도 못했다. 혼자 갈 길을 가겠다고 해도 그저 바라볼 수밖에 없었다. 멀어지고 있다고 생각한 그가 자리에 나왔다는 사실 하나만으로도 희망이 보였다.

　내가 미처 기억하지 못하는 어느 날, 나를 가로막는 그를 밀치고 들어가서는 견딜 수 없는 고통을 그에게 안겨 주고는 아무 일도 없었던 듯 살며시 빠져나왔는지도 모른다. 그가 겪는 아픔을 외면하고 마음에 상처만 남겼음이 분명했다. 그가 겪고 있는 고통의 실체를 알려고도 하지 않은 채, 날마다 그를 쫓고만 있었다. 처음 문을 두드릴 때 그에게 상처를 입힌 내가 고통의 책임에서 벗어날 수는 없다. 어찌 보면 고통의 실체를 외면했다는 것이 더 큰 고통을 준, 또 다른 그의 마음속 괴물로 자리 잡았는지도 모른다.

그냥 맘을 내려놓아
그럼 편해질 거야
다가오지 말고
그대로 거기에 있어
지금까지 그랬던 것처럼

서서히 안개가 걷히며 햇살이 나뭇가지 사이를 뚫고 마당으로 내려온다. 풀섶의 이슬도 모습을 감춘다. 피아노에 실린 피리 소리가 잦아든다. 소리가 사라진 자리를 고요함이 채운다. 괴물도 꼬리를 내리고, 돌덩이도 산산이 부서져 버린 듯 가슴엔 살랑대는 바람이 인다.

내가 바라는 것

오월에 내리는 봄비는 마른 땅을 적실 정도가 대부분이었지만 이번엔 달랐다. 장마가 일찍 찾아온 듯 퍼부어 댔다. 울타리 너머 고추밭에서 흘러들어온 흙탕물이 마당 여기저기에 흔적을 남겨 놓았다. 싱싱한 녹색의 진달래 사이로 짜리몽땅 몰골을 한 단풍나무의 검붉은 잎이 보인다. 담장보다 훨씬 키가 컸던 단풍나무는 지난겨울 추위에 위쪽 가지 모두를 잃고, 밑동만 겨우 살아남았다. 잎이 나지 않아 볼썽사나워진 윗가지를 톱으로 잘라낸 탓에 벼락 맞은 미루나무 꼴이 되었다. 단풍나무가 겪은, 자두와 매화의 꽃눈까지도 얼어 죽게 만든 지난겨울의 추위는 어린 시절 철원에서 겪은 겨울에 비교하면 아무것도 아니었다.

동짓달에 내린 눈은 열흘이 지나고, 한 달이 지나도 그대로 남아 얼어붙었다. 마을 길은 눈으로 다져진 채 겉만 흙으로 살짝 덮여 있다가 설이 지나야 녹기 시작했다. 겨우내 맨땅은 양지바른 마당을 제외하고 보기 어려웠다. 방 안에 있는 물 사발이 밤새 꽁꽁 얼어붙는 일도 다반사였다. 아침에 세수하고 손으로 문고리를 잡으면 손이 쩍쩍 달라붙었다. 마당에서 할 수 있는 자치기, 딱지치기, 다방구 같은 놀이는 꿈도 꿀 수 없었다. 바깥에서 할 수 있는 놀이는 구슬치기뿐, 양지바른 추녀 밑에 드러난 맨땅에서 할 수 있는 유일한 놀이였다. 지붕 위 쌓인 눈이 햇볕에 녹아떨어져 만들어 낸 일정한 간격의 조그만 구멍에 구슬을 넣는 댕구치기였다. 바지 주머니나 윗도리 주머니에 손을 넣은 채 발로 구슬을 던지고, 굴렸다. 영하 이십 도를 오르내리는 추위에서 맨손으로 구슬을 잡고 노는 일이 가능하겠는가. 인천에 이사 와서 내가 보고 놀란 것은 구슬치기를 손으로 하고, 아무 때나 하는 것이었다. 그전까지 세상의 모든 구슬치기는 겨울에 하는 놀이이고, 손이 아니라 발로만 하는 것이라고 알았다. 어느 곳이나 모든 사람이 나와 같은 추위를 겪으며 같은 놀이를 한다고 믿었다. 추운 환경이 놀이문화까지 독특하게 만들어 놓은 것이었다.

6.25 전쟁이 끝나고 십여 년이 흐른 그때, 마을이 읍내라고는 하지만 전기도 수도도 들어오지 않았다. 휴전선과 가까운 곳이라 지나는 사람은 대부분 군인이고, 차도 군용트럭뿐이었다. 간혹 들려오는 대포 소리와 총소리는 두려운 소리가 아니라 파편, 고철, 탄피같이 엿 바꿔 먹을 수 있는 고물이 잔뜩 널려 있음을 알려주는 반가운 소리였다. 탄피, 대포 소리, 탱크 같은 것들이 사람에게 두려움을 준다고 생

각하지 않았다. 오히려 내가 두려워하고, 나를 악몽에 시달리게 한 것은 때만 되면 들었던 어머니의 6.25 이야기였다.

읍내에서 조그만 가게를 했던 우리 집은 특별한 우환이나 걱정이 없더라도 음력 정월이면 박수무당을 불러 고사를 지내곤 했다. 무당이 하는 말을 잘 알아들을 수 없었지만, 새해 운수를 점쳐주고, 무탈하고 무병 하라는 덕담을 했을 것이다. 고사가 끝나고 나면 어머니는 어린 우리에게 본인이 겪은 참혹한 전쟁 경험을 이야기했다. 눈은 녹기 시작했지만, 추위는 여전했던 음력 정월, 화롯가에 모여 앉아 듣는 이야기는 화롯불의 따뜻함을 어느새 밀쳐 내고 오싹한 두려움에 휩싸이게 했다. 일사 후퇴 때 외할아버지를 두고 떠났던 어머니의 피난길이 아버지와 영영 만나지 못하는 생이별 길이 되었다고 한숨을 쉬면서, 우리에게 신신당부하는 말을 잊지 않았다.

"전쟁이 났다고 하면 절대 남의 말을 듣지 말고, 무조건 집으로 와라. 너희들이 올 때까지 기다리고, 죽는 한이 있더라도 난 집에 있을 것이다. 집에 엄마가 없더라도 꼼짝 말고 집에 있어라. 반드시 집으로 돌아오마."

어머니는 자신이 겪고 있는 이산가족의 슬픔이 다시는 일어나지 않길 바라는 정도가 아니라, 이 땅에서 자신의 새끼들이 다시는 전쟁의 참화를 겪지 않길 바라는 간절함이 배어 있었다.

어머니 손을 놓치고 길을 잃은 난 울부짖었다. 가슴이 미어졌다. 목에서부터 울음과 한숨이 섞여 나왔다. 방안의 물이 꽁꽁 얼어붙는 한겨울 이불 속에서 난 이렇게 전쟁의 악몽에 시달렸다. 이불 밖으로 얼굴을 내놓을 수도 없는 추위와 공포, 그것은 어머니가 일사 후퇴 때 겪었던 전쟁의 기억과 비슷했으리라.

추위에도 죽지 않고 겨우 살아남은 단풍나무의 잎이 더 붉게 보인다. 잎은 더 넓고, 가지는 수 없이 많이 생겼다. 단풍나무도 잔혹했던 지난겨울 추위를 기억하고, 살아남기 위해 발버둥 쳤나 보다. 더 깊게 뿌리를 내리면서 가지를 잃게 한추위가 다시 오지 않길 바라고 있을지도 모른다. 올가을엔 볏짚으로 만든 보온재로 나무를 둘둘 말아 감싸야겠다. 다시는 생가지가 얼어 죽는 고통을 겪지 않길 바라면서.

편한 사람

  찬 바람이 불기 시작하는 늦가을부터 누가 봐도 평범한 쥐색 조끼를 셔츠 위에 걸쳐 입곤 했다. 문양도 없고, 짙지도 옅지도 않은 쥐색이 가진 단순함과 어떤 재킷을 걸쳐도 어울리는 만만함 때문이었다.

  영하로 아침 기온이 내려간다는 예보를 듣자마자, 출근길에 맞닥뜨릴 추위를 생각하며 부리나케 그것을 찾기 시작했다. 겨울옷을 정리해 둔 장롱 서랍을 모두 열어젖히고 뒤졌는데도 보이지 않았다.

  손이 쉽게 가는 옷은 아무렇게 입고 벗어놔도 신경 쓰지 않고, 설사 무언가에 걸려 올이 풀어진다 해도 남의 눈을 의식하지 않고 입어도 되는 옷이 대부분이었다. 늘 집어 들던 그 조끼를 찾지 못한다고 안달을 낼 이유가 없었다. 눈에 핏발이 설 정도로 찾아 헤맬 까닭도 없었다. 서랍에 있는 다른 조끼를 입으면 그만이었다. 그런데 난 그것을 찾는 데 모든 신경을 쓰고 있었다. 아무 말 없이 가버린 것도 모자라 통화와 문자를 씹어 버린 사람의 흔적을 찾기라도 하듯 집안 곳곳을 헤집기 시작했다. 이런 나를 보며 아내는 혀를 찼다.

"당신도 이젠 총기가 사라졌어. 입을 만큼 입었잖아. 내가 사줄게"

아내의 말이 서글프게 들렸다. 자기 것도 제대로 챙기지 못하고, 어디에 두었는지도 금세 잊어버리는 나이라는 것을 일깨워 주는 것 같았다.

서랍에서 다른 조끼를 꺼냈다. 모양은 비슷했지만, 문양이 있어 즐겨 입던 조끼의 단순함을 찾기 어려웠다. 아내의 핀잔을 들어가며 찾아 헤맸던 조끼는 단순히 몸에 걸치는 옷이 아니었다. 몇 해를 입어도 늘 같은 단순함, 어떤 옷도 대신할 수 없는 편안함 그 자체였다.

단순하지만 편했던 사람을 떠올린다. 내가 세상을 삐딱하게 보고, 의심의 눈초리로 무엇이든 바라보는 사람, 착한 사람보다는 못된 사람, 순종적이기보다 반항적인 사람이기 때문인지도 모른다. 비록 못됐다는 말을 듣지는 않았지만, 큰 소리를 내거나 앞장서 나서지도 못했다. 그러면서도 속으로는 다 생각하고 의심했다. 세상이 이상하게 돌아간다고 느낀 순간부터 일호선 지하철 선풍기 돌아가는 소리에도 가슴속에서는 분노가 일었다.

한편으론 담백하고, 소탈한 사람으로 행동했다. 잘난 척하는 사람, 권위를 내세우는 사람을 경멸했다. 내가 하는 행동이 그들에게 천박하고, 품위 없어 보인다고 해도 상관하지 않았다. 그래서일까. 만나는 사람도 담백하고, 편한 느낌을 주는 사람이 대부분이었다.

　내 주위에서 그런 사람이 점점 사라지고 있다고 생각했다. 조끼를 어딘가에 처박아 놓고도 기억해 내지 못하고 있는 것처럼 편한 사람이 사라진 것은 아니었다. 단지 내가 기억해 내지 못하고, 기억해 내려 하지 않았을 뿐이었다. 순수하고, 편했던 사람을 다시 떠올리며, 그의 존재가 기억에서 희미해지지 않고, 그의 기억에서 내가 사라지지 않길 바라는 마음이다.

립스틱 짙게 바르고

에로 영화 포스터엔 여자의 붉은 입술이 도드라져 있다. 다른 설명이 없어도 그 자체가 에로틱하다. 남자의 눈길이 선홍빛 입술에 멈추는 것은 시각에 먼저 반응하는 남자의 속성 탓이다. 도발적으로 내민 입술에 유혹의 눈빛까지 더해지면, 남자의 신경은 곤두선다. 아이섀도로 눈빛을 살짝 가려도 붉은 입술만으로도 남자의 목이 마른다. 살짝 드러낸 속살을 보기라도 한 듯 얼굴이 붉어지고, 눈길은 갈 곳을 잃고 방황한다. 앵두 같은 입술이 움직일 때마다 심장 박동도 빨라지고, 머리는 어질어질하다. 하얀 얼굴과 붉은 입술이 만들어 낸 조화가 자극적이기 때문이다.

핸드백에서 립스틱을 꺼내 들고 빨간 봉오리를 동그랗게 오므린 입술에 문지르면, 창백했던 여자의 입술은 금세 불그레하게 생기가 살아난다. 작은 립스틱이 부린 위대한 마술이다. 마술사의 스틱이 순식간에 꽃으로 변하듯 립스틱을 드는 순간 여자의 입술도 매혹적으로 변해 남자의 마음을 들뜨게 한다. 립스틱이 요술 방망이로 변한 것이다. 그래서 입술(lip) 지팡이(stick)라고 이름을 지었는지도 모른다.

내가 립스틱을 처음 만났을 때 들었던 명칭은 루즈였다. 프랑스어의 후즈(rouge.붉은)에서 나온 이 말은 붉은 립스틱을 일컫는 말이라고 한다. 립스틱 색깔이 다양해진 탓인지, 아니면 립스틱을 제대로 표현해내지 못하고 있기 때문인지 요즘 루즈라고 말하는 사람을 거의 보지 못했다.

립스틱은 피부를 보호하는 다른 화장품과는 속성이 다르다. 여자가 바른 립스틱 반 이상이 남자의 입으로 들어간다는 우스갯소리가 있는 것을 보면 속성의 차이가 분명하다. 여자가 오로지 한군데만 화장한다고 할 때, 가장 먼저 손이 가는 화장품이 립스틱이라고 한다. 지하철 출근길에서도, 밥 먹고 난 식당에서도 어느 곳이든 나이와 관계없이 꺼내 드는 것이 립스틱이다. 여자의 입술이 최우선 순위란 사실을 여지없이 보여주고 있다.

왜 입술일까? 말하고, 먹는 역할만 하는 입이라면 굳이 화장이 필요하지 않을 것이다. 밥 먹기 전 립스틱을 바르는 여자를 보지 못했다. 대신에 밥을 먹고 난 후, 대부분 여자는 립스틱을 입술에 바른다. 입의 역할이 바뀌었다는 사실과 함께 자신이 생기발랄해졌음을 알리기 위함이다. 입술은 원초적이고 무의식을 간직한 신체 일부이다. 립스틱이 입술을 터치하는 순간부터 새로운 모습으로 재탄생하는 것이다.

앵두 같은 입술을 가진 여자가 미인이라는 속설 때문인

지 우리나라의 옛 여인도 입술에 붉은 연지를 찍었다. 경기가 나쁘면 여자들은 빨간 립스틱을 선호한다고 한다. 어려운 경제 상황에서 빨간색 립스틱 하나만으로 자신을 연출해 보이려는 심리 때문이란다. 어느 화장품 회사는 립스틱 판매량으로 경기를 가늠하는 립스틱 지수까지 만들어 냈다. 예나 지금이나 경기가 좋든 나쁘든 입술을 도드라지게 하려는 여자의 심리는 변하지 않았다.

립스틱은 어린 여자아이든 남자아이든 가장 먼저 손을 대는 엄마 화장품이다. 작고 예쁜 케이스에 감춰진 립스틱, 아래를 살살 돌리면 속살이 삐죽 나오는 모습이 신기하고 갖고 놀기에 안성맞춤이기 때문이다. 립스틱을 갖고 노는 모습이 냇가에서 멱을 감다 바위에 앉아 장난치는 사내아이들 모습과 닮았다.

어른이 된 남자가 여자에게 주는 선물 목록 상단에도 립스틱이 위치한다. 주머니에 넣어도 티가 나지 않아 은밀하게 손에 쥐어 줄 수 있고 고르기도 수월하다. 화장품이지만 화장품 같지 않은 립스틱, 여자의 화장품이 아니라 나를 위한 화장품이다. 바람결이 바뀌는 초여름, 선홍빛 립스틱 짙게 바른 여자 때문에 마음에서 바람이 인다.

바이러스

제주 밤바다는 매혹적이었다. 백사장과 바람, 그리고 파도 소리가 어우러진 해변은 밤늦게까지 발목을 붙잡았다. 검은 유혹을 뿌리치고 일찌감치 일어났어야 했다.

다음 날 아침, 잠자리에서 일어나자 몸이 으스스했다. 어젯밤 바닷가에서는 멀쩡했던 몸이 알 수 없는 음흉한 기운에 망가지고 있음이 분명했다. 몸에 약간의 미열과 함께 한기가 느껴질 때면, 아스피린으로 어렵잖게 해결하곤 했다.

비상용으로 갖고 있던 아스피린을 입에 털어 넣었다. 약을 먹고 나면 금세 개운해지던 몸이었는데, 이번에는 달랐다. 시간이 갈수록 오한과 열이 나기 시작했다. 아름다운 휴가지 제주도에서 알 수 없는 병에 시달리기 시작했다. 열 때문에 잠도 이룰 수도 없고, 몸은 땀으로 범벅이 되었다.

하루 정도 나를 괴롭히다 물러날 것이란 예상과 달리 집에 돌아온 후에도 열이 내리지 않았다. 예전에 겪었던 몸살이나 독감 증세와 달랐다. 버티기 어려울 정도로 몸은 쳐지기 시작했다. 왼쪽 목덜미에서도 통증이 느껴졌다. 그동안 상대했던 놈과는 다른 놈이 내 몸을 망가뜨리며 환호성을 질러대는 것이 눈에 보였다.

회사에 병가를 냈다. 병의 원인을 정확히 파악하기 위해 피를 뽑고, 엑스레이를 찍었다. 항생제 두 알과 해열제 한 알이 의사가 한 처방이었다.

다음 날, 검사결과를 보러 다시 병원을 다시 찾았다.

"원인이 무엇인가요?"

"어디 다녀오셨어요?"

"제주도요"

"바이러스 감염입니다. 몸 어디엔가 생긴 염증이 원인입니다"

의사는 바닷가에서 바이러스에 감염된 것 같다고 말했다. 목덜미 임파선이 부어오르고, 목 부위 통증도 이 때문에 생긴 것이라고 진단했다. 처방해준 약이 어떠냐고 의사는 물었다. 속이 더부룩하고, 소화가 안 된다고 대답했다. 열도 내리지 않는다고 했다. 그는 모든 것을 알아낸 사람처럼 더는 질문이나 설명 없이 자판을 두드리며 일주일 치 약을 처방하는 것이었다.

어제 처방했던 약에다 소화제와 간장약이 첨가됐을 뿐이었다. 의사가 내린 처방대로 한 움큼 약을 먹어야 한다는 사실에 머리가 아팠다. 열을 내리는데 내 몸에 잘 듣는 약으로 바꾸면 안 되냐고 물었다. 의사는 자기 영역을 침범당한 고양이처럼 반응했다.

"그래도 그 약은 안 됩니다."

그는 안 되는 이유와 설명도 없이 알아들을 수 없는 말로 혼자 중얼거렸다. 증상을 이야기할 때마다 기계적으로 약을 첨가하던 모습과 겹쳐 미덥지 않아 보였다.

그에게 내 몸을 몽땅 맡길 수 없었다. 가끔 건강에 관해 이야기를 주고받던 주치의에게 전화를 걸었다. 처방해준 약을 이야기하고, 보관하고 있는 상비약으로 바꿔도 되냐고 물었다. 체질에 맞는 약을 먹는 것이 좋다고 하면서 질병과 직접 관련 없는 약은 먹지 말라고 조언했다.

처방해 준 약 대신 집에 있는 약을 먹기 시작했다. 먹은 지 이틀 만에 바이러스의 기세가 수그러들었는지 열이 내리면서 몸은 정상으로 돌아오기 시작했다.

뜨거운 햇볕 아래 활짝 피었다가 사라진 붉은 글로디올러스처럼 소리도 없이 찾아왔던 열병은 일주일 만에 바람처럼 사라졌다. 눈에 보이지도 않는 바이러스에 처참하게 농락당하는 인간이 만물의 영장이라고 떠들어 댈 자격이나 있는지 모르겠다. 약의 힘을 빌리지 않고서는 편히 살 수 없는 인간의 나약함을 다시 한번 깨닫는다.

배 탈

간단하게 요기할 만한 곳이 마땅치 않았다. 고기를 구워
먹는 곳이나 해물을 요리하는 집뿐이었다. 여기저기 두리
번거리다 찾은 곳이 낙지 전문점이었다. 매운 것을 먹고 나
면 온종일 위부터 대장 끝까지 불쾌한 기운이 가시지 않는
탓에 매운 음식을 멀리 했다.

그날 저녁엔 귀신에게 홀렸는지 호기롭게도 낙지볶음을
당당히 주문하고, 한술 더 떠 밥까지 접시에 남은 양념에 비
벼 먹었다. 숟가락질할 때마다 맵다는 말을 연신 해대면서
도 밥 한 공기를 뚝딱 해치웠다. 이 정도 매운맛은 너끈히
극복할 수 있을 것이라는 근거 없는 자신감이 몰고 온 검은
기운은 야음을 틈타 살금살금 기어오고 있었다.

집에 돌아와 잠자리에 든 지 얼마 지나지 않아 참을 수 없
을 정도로 부글거리며 요동치는 배속은 나를 가만히 내버
려 두지 않았다. 이불 속으로 들기 전까지 멀쩡하던 몸속에
알 수 없는 마수가 들어와 내가 눈치채지 못하게 휘젓고 있
던 것이다.

그뿐 아니었다. 설사와 함께 으스스한 오한까지 찾아왔다. 약장에 있던 소화제와 감기약을 연이어 들이켰다. 오한 같은 것은 감기약을 입에 털어 넣고 조금만 지나면 어렵잖게 잡혔었다. 오한은 누그러졌지만, 설사엔 소화제가 말도 되지 않은 처방이란 것을 증명이나 하듯 아침까지 화장실을 들락거리게 했다.

속이 비면 설사가 멎는다는 속설을 믿고, 아침밥을 거른 채 출근했다. 대신에 큼직한 레드향 귤 두 개로 빈속을 채웠다. 매운 것 때문에 생긴 설사는 대개 그 기운이 거의 빠져나간 점심때가 되면 멎곤 했었다. 오후가 되자 예상했던 대로 잠시 멎는 듯했다. 점심도 제대로 먹지 못해 기운이 빠진 몸으로 퇴근했다.

지난밤보다 심한 오한과 설사가 다시 몸을 괴롭히기 시작했다. 이번엔 멈출 기미조차 보이지 않았다. 이가 덜덜 떨렸다. 이불을 뒤집어쓰고 누웠다. 잠을 이룰 수 없었다. 다시 일어나 액체 감기약 두 병을 연거푸 들이켰다. 내가 알지 못하는 다른 놈이 내 몸 어디엔가 숨어 자신의 세력 확장을 위해 모든 수단을 동원하고 있음이 분명했다. 밤이 깊어 갈수록 버티기 어려울 정도로 몸이 쳐지기 시작했다. 화장실에 가는 것조차 힘에 부쳤다. 약한 체질도 아니고, 식중독이나 장염이 유행하는 계절도 아닌데, 멀쩡하던 몸이 왜 이렇게 허물어지는가. 오히려 매운맛엔 항균작용이 있다고 하지 않았던가. 즐거운 설 연휴가 시작되는 첫날부터 정체를 알 수 없는 놈과 전쟁을 치르며, 뜬눈으로 밤을 지새웠다.

상대는 쉽게 물러날 호락호락한 놈이 아니다. 나를 괴롭힐 만큼 괴롭힌 다음에도 내 몸을 망가뜨리고, 영혼까지 탈탈 털어내고 나서야 직성이 풀릴지도 모른다. 시간이 지나 몸이 정상으로 돌아온다고 해도 모든 기운이 빠져버린, 말라비틀어진 수수깡 처지가 될 것이다.

혼자서는 절대로 이 난관을 극복할 수 없었다. 병원의 도움이 절실했다. 설 연휴 첫날이지만 다행히 오전까지 진료한다는 병원을 아침 일찍 찾아갔다. 의사는 몸 상태를 듣고 난 후, 장염이라고 진단하고 처방했다. 그리고는 음식을 조심하라고 신신당부하는 것이었다. 특히 과일을 먹지 말고, 된장국에 밥 정도로 가볍게 먹으라고 조언했다. 내가 의심했던 그놈, 캡사이신이 아니었다. 낙지에 있던 세균이 오한과 설사의 원인이었다. 겨울철이라도 해산물을 먹고 설사하는 환자가 많다고 했다. 귤 같은 과일을 먹으면 장 속에 고속도로가 생긴다고 우스갯소리까지 했다. 그놈이 처음 내 몸을 공격했던 그 날 아침, 설사에 좋다고 생각한 커다란 레드향 두 개가 오히려 배속의 세균 번식을 도와 내 몸의 수분을 몽땅 내보내는 고속도로 역할을 했다는 사실이 믿기지 않았다.

약 먹은 지 하루가 지나자 장염의 기세는 수그러들었다. 이틀이 지난 설 저녁때쯤 설사가 멈추고 몸은 정상으로 돌아왔다. 지금까지 가벼운 설사는 몸에 조금 이상이 생겼다

221

는 정도로 가볍게 대했었다. 작은 병이라도 빨리 조처를 하지 않으면 몸이 위험에 빠질 수 있다는 사실을 깨달았다. 한편으로는 이틀 만에 수 킬로그램이 순식간에 빠져버리는, 빠른 체중 감량방법도 알게 되었다. 세균에 농락당하는 약한 존재가 어느새 되어 버린 나, 쉽게 물리치던 배탈도 이젠 약의 힘을 빌릴 수밖에 없는 처지가 되었다.

지난 신문 한 장

책장을 정리하다가 누렇게 바랜 신문 한 장이 눈에 들어왔다. 2006년 개띠 해를 맞아 개띠인 사람들의 신년 소감이 실린 특집호였다. 무엇이든 함부로 버리지 않고, 하다못해 연애편지 초고, 첫 직장에서 썼던 업무일지, 군대 시절 봉급 봉투까지도 모아두는 내 습성 덕분에 예전 신문을 고스란히 다시 볼 수 있었다.

신문에 실린 내가 쓴 소감을 읽으면서 책상머리에서 뭔가를 쓰고 싶어 안달하며 미친 듯이 써대던 모습이 떠올랐다. 그땐 두려움과 설렘이 동시에 샘처럼 솟아올랐었다. 요즈음 나는 바람 빠진 풍선처럼 그런 열정이 사라져 버렸다. 그때 했던 마음 다짐을 잊은 탓일까, 아니면 잡다한 일에 파묻혀 미처 생각하지 못하고 있기 때문일까.

젊어지는 약이 있다면 사서 먹어서라도 도전적이고, 열정이 가득한 사람이 되고 싶다. 시간이 많이 흘렀다고 해서 변하지 않는, 처음처럼 한결같이 행동하고 생기있게 살고 싶다. 언제부터인지 숨이 죽은 배추처럼 생기가 사그라졌다.

글 쓰는 재미가 없다는 이유로 열정을 슬그머니 뱉어 버렸는지도 모른다.

일을 처음 시작할 때 갖는 마음이 초심이다. 첫사랑의 두근거림이 지금까지 살아 있다면, 첫 직장에 출근할 때 온몸을 감쌌던 설렘과 두려움이 아직도 남아 있다면 초심을 잃지 않은 것이다.

생일에 축하 화분을 받았다. 꽃다발보다는 살아 있는 식물이 좋다고 한 내 말에 지인은 고심 끝에 고른 것이라고 했다. 장미를 심은 작은 비닐 화분 세 개가 하나의 바구니에 담겨 있었다. 앙증맞은 장미엔 노랗고, 빨간 봉오리가 맺혀 있었다. 해가 드는 이 층 창가에 두었다. 이틀이 지나자 꽃봉오리가 활짝 터지기 시작했다. 오월이 되어야 볼 수 있는 장미꽃을 삼월에 보면서 혼자 보기에는 아깝다는 생각이 들었다. 꽃망울이 터지는 장미 앞에서 아내를 불렀다.

"예쁜데, 누가 줬어?"

숨이 막히도록 예쁜 모습에 놀란 표정을 지었으면 좋으련만, 예전엔 하지 않던 행동을 요즘 들어 많이 한다고 핀잔을 주던 아내다운 반응이었다.

열흘 정도가 지나자 꽃은 시들기 시작했다. 누렇게 변한 봉오리를 가위로 잘라내고 옆 가지를 친 다음, 마당에 있는 화분에 옮겨 심었다. 다시 봉오리를 맺고 꽃이 필 것이라고 기대하지 않았다. 뿌리를 내려 살아남기만을 바랐다. 내년 봄이 되어야 꽃을 볼 수 있을 것으로 생각했다.

울타리 옆 빨간 넝쿨 장미꽃도 떨어지고 장맛비가 내리기 시작할 때쯤이었다. 화분에 심은 그 장미 가지 끝에 노란 빛이 보였다. 그동안 장미는 새로운 꽃망울을 터뜨릴 준비를 하고 있던 것이다. 장미꽃은 사라지지 않고, 가지 끝 꽃잎만 떨어드렸을 뿐, 아름다운 꽃을 피우려는 초심은 전혀 사라지지 않았다.

신문원고를 쓸 때로 돌아가고 싶다. 되지도 않은 글이라도 부리나케 동창회 카페와 블로그에 올리려고 열심히 쓰던 열정이 지금까지 이어졌다면 좋았을 것이다. 초심이 변하지 않은 장미처럼 글 쓸 때만이라도 내 마음이 변하지 않고, 두려움과 설렘이 샘처럼 솟아오르길 바란다.

개과천선(改過遷善)

　자리를 옮겼다. 여기저기서 오는 축하 전화 때문에 일을 할 수 없을 정도였다. 너무 오랜만에 좋은 소식 들었다는 사람부터 앞으로 건강 조심하라는 사람까지 저마다 표현하는 방법은 달랐지만, 진심으로 축하하는 마음을 느낄 수 있었다.

　그런데 한 통의 전화는 특이했다. 자주 통화하는 사람도 아니고, 친하게 지낸 사람도 아니었다. 그는 나와 맺은 인연이 많아 친하게 지낼 수 있는 조건을 충분한 사람이었지만, 몇 번 그를 겪어보고 나서는 나와 다른 세상에 사는 사람으로 생각했다. 특히 인간관계를 자신의 이익 여부로 판단하고 결정한다는 말을 듣고 난 후, 상종해선 안 될 사람으로 제쳐놓았었다.

　"누구 덕에 된 거라며? 빽은 사라지는 것이야. 사라지기 전에 함께 쓰자고. 나도 소개해줘"

　무슨 생각으로 전화했는지, 제정신이라면 할 수 없는 말이었다. 이것은 축하의 말이 아니라 저주의 말이었다. 시샘이 가득한 자신의 속마음을 그대로 담아 뱉은 말이었다. 말도 섞기 싫었고, 딱히 할 말도 없었다. 전화해줘서 고맙다는 말만하고 전화를 끊었다.

나의 자리 옮김이 그의 직장생활에 보탬이 된다고 판단했을 것이다. 내가 한직으로 물러나 이년을 보내는 동안, 전화도 없었고, 가끔 일 때문에 마주쳐도 차 한잔하자고 한 적도 없었다. 물론 나도 그랬다. 그때 그의 기준에 따르면, 난 그에게 아무 도움이 되지 않는 사람이었기 때문에 시간 내서 이야기하거나 만나야 할 사람이 아니었을 것이다. 아마도 내가 한직으로 좌천된 것을 고소하게 여기고 있었는지도 모른다. 그랬던 그가 전화한 것으로 볼 때, 그에게 도움이 되는, 소위 잘 나가는 자리로 내가 옮겼다는 것이 확실했다.

그 일이 있고 이년 후, 그가 회사를 옮긴다는 말을 들은 몇몇 사람이 송별 모임을 마련했다. 그는 앞으로 옮겨가는 회사에 충성을 다 할 것이라고 큰 소리로 떠들어 댔다. 여기보다 보수도 좋고, 회사 이름도 더 알려져 있다고 자랑했다. 그때였다. 자리 끝에 앉아 있던, 평상시에 말수가 없던 친구가 퉁명스럽게 내뱉었다.

"있을 때 여기서 잘하지? 거기 간다고 잘할 수 있겠어?"

이렇게 그가 회사를 떠나고 몇 년 후, 모임에서 그를 다시 만났다. 옮겼던 회사도 그만두고, 종교 활동을 준비한다고 자랑을 늘어놓았다. 사람을 위로하는 임무를 부여받았다고 목소리를 높였다. 그 말이 왜 도통 믿기지 않을까. 불쌍한 사람이라는 생각이 들었다. 얼마나 많은 사람에게 실망을 안길지 걱정이 앞섰다. 개과천선이란 옛말이 이 사람에게 꼭 적용되는 말이 되길 빈다. 사람의 본성이 쉽게 바뀌기 어렵다지만 제발 바뀌었길.

인생 코치

하루 일정이 끝났다. 종일 의자에 앉아 있던 몸은 지쳐 있었다. 단 몇 초라도 빨리 자리에서 벗어나고 싶어 가방을 정리하던 그때, 낯선 사람이 들어왔다. 마지막 전달사항이라는 말이 끝나자 그는 코칭을 설명하기 시작했다. 앉아 있는 게 힘들어 죽겠는데, 일정이 끝나지 않고 시간이 늘어진 것에 내 심사는 뒤틀렸다. 코칭을 외국에서는 많이 하고, 국내 기업에서도 많이 도입하고 있다고 소개했다.

'그래, 외국에서 하니까 우리도 원숭이처럼 따라 한다.'

머릿속으로 이런 말을 되뇌며, 장황하게 늘어놓는 설명을 듣는 둥 마는 둥 빨리 끝나기만 바랐다. 사실 코칭이라는 말을 듣는 순간부터 마음에 들지 않았다.

'코칭이라고? 누가 누굴 코치한대? 코치라면 내 업무는 물론 많은 분야에 정통해야 가능할 텐데, 어떻게 모든 분야를 코치하는 것이 가능해? 코치 받는 사람이 자신을 열지 않으면 어떻게 할 거야? 카운셀러와 차이는 무엇이지? 난 안 해'

며칠 후 희망자를 조사하는 메일이 왔다. 여러 항목 중에 대인관계와 자기 발전 분야가 눈에 들어왔다. 대인관계가 원만하지 못하다고 느끼고 있던 터라 밑져야 본전이란 생각으로 코칭을 신청했다. 코치는 어떻게 나를 변화시키고, 어떤 훈련방법을 쓸지 궁금했다.

코칭을 결정하고 난 후, 한 통의 설문지가 왔다. 개인 행동성향을 이해할 수 있는 분석자료를 제공해 준다는 설명이 첨부되어 있었다. 이런 종류의 설문이 가끔 있었기 때문에 반사적으로 답을 적어나갔다.

설문 응답지를 보내고 보름이 지난 후, 나보다 나이가 훨씬 많은 코치가 사무실로 찾아왔다. 골프 황제 타이거 우즈도 옆에서 지도하는 코치가 있는 것처럼 개인도 코치가 필요하다고 코칭에 대해 설명했다. 그리고는 내가 살아온 이야기를 하게 한 후, 고민이 무엇이냐고 물었다. 대인관계에 대한 고민이 있다고 하자, 설문결과가 나온 종이 한 장을 책상 위에 올려놓는 것이었다.

거기엔 설문 항목에 대한 설명과 진단결과가 자세히 적혀 있었다. 내가 늘 부족하다고 느낀 부분과 장점이라고 자랑스럽게 늘어놓은 부분이 함께 언급되어 있었다. 내가 감추고, 드러내 보이기 싫은 부분도 그대로 나타나 있었다. 내 인생 코치는 내가 가진 강점은 살리고, 약점은 보완하는 일이 앞으로 과제라는 말을 남기고 자리를 떴다.

한 달에 두 번 사무실에서 만난 그는 인간관계에 있어 잘하고 못함은 모두 자기 자신의 책임이라고 강조했다. 명심보감(明心寶鑑)에 나오는 '行有不得 反求諸己(행유부득 반구제기)'란 구절, 즉 '행동을 한 후에 얻는 것이 없으면, 자신을 돌이켜 찾아보아라.'라는 뜻과 같은 맥락이었다. 모든 것이 자기 탓이라는 말이었다.

그동안 내가 어떻게 행동하며 사람들과 관계를 맺었는지 떠올렸다. 사람의 감성적인 면을 고려하지도, 이를 적절하게 활용하지도 못했다. 상대방의 감정을 상하지 않게 하면서도 소통할 수 있는 길이 얼마든지 있었음에도 내 방법만 고집했다. 언젠가 본심을 알아줄 것이라는 착각에 빠져 상대의 감정을 고려하지 않은 채, 직설적인 말로 상대를 다그치곤 했다. 상대를 위해서 사심 없이 했다고 한 말이 오히려 깊은 상처를 주고, 마음이 다친 상대는 나를 강직하나 상대하기 어려운 사람으로 평가한 것이다.

한때, 이런 이미지가 승진과 자리 이동에 부정적으로 작용했다고 단정했다. 난 이미지 개선을 위해 잘못된 것이 눈에 띄어도 지적하기보다는 외면하고, 하고 싶은 말이 있어도 입을 닫았다. 이것이 제일 좋은 방법이라고 믿고, 행동했다.

그는 내가 하는 방법이 잘못되었다고 지적했다. 그것은 문제해결에 아무 도움도 주지 않고, 단지 문제를 회피한 것뿐이라고 설명했다. 적극적인 개선을 위해서 상대의 말을 먼저 듣고, 긍정적인 피드백이 이루어지도록 인정과 칭찬, 그리고 격려를 필수적으로 해야 한다고 강조했다.

사람을 대하는 태도와 말씨 속에 감사하는 마음이 담기도록 관심과 애정을 갖되, 상대방이 나와 다르다는 사실을 먼저 인정하고, 이해하려는 자세를 함께 갖출 것을 조언했다. 아무리 잘해도 단 한 번 잘못된 행동이 상대에게는 부정적인 이미지로 각인된다고 했다.

　인간관계에서 발생하는 문제를 해결하는 제일 좋은 방법은 상대를 칭찬하는 것뿐임을 다시 한번 강조했다. 문제해결의 열쇠를 의외로 쉽게 찾았다. 인생에도 코치가 필요하다는 사실도 함께 깨달았다.

　나의 인생 코치는 자신이 제시한 해결 방법을 곧바로 실천하고, 이를 직원에게 공표하라고 요구했다. 그렇게 하면 사람을 대할 때마다 공표한 말처럼 행동하게 되어 실천에 많은 도움을 준다는 것이었다. 직원 모두가 볼 수 있는 블로그에 내가 실천할 내용을 담아 올렸다.

　'앞으로 더 도울 수 있는 것을 찾는 마음으로 사람을 대하고, 사람의 장점만을 보며 이를 칭찬할 것이다. 나를 속이는 사람이 있더라도 연민의 마음으로 이해하도록 노력하고, 칭찬에 굶주려 있는 사람에게 따뜻한 마음에서 우러나오는 말로 배부르게 할 것이다.'

　코칭이 끝나고 몇 해가 흘렀지만, 지금도 내가 공언한 약속을 제대로 실천하고 있는지 나의 첫 인생 코치는 들여다보고 있을 것이다.

강한 상대를 이기는 법

　한해를 마감하는 마지막 축구 경기에서도 OB팀이 YB팀을 이겼다. 땅거미가 지기 시작해 공이 보이지 않는데도 한 번 더 하자고 우겨대는 YB팀을 무시하고 사무실로 들어왔다. YB팀은 객관적인 전력에서 OB팀보다 우수하고, 이기겠다는 의지도 강했다.

　종이를 펼치고 패인을 분석하고 있는 선수가 보였다. 펼친 종이 위에 그려진 화살표와 사람을 표시하는 동그라미가 눈에 들어왔다. 나를 보자 자기 팀이 패한 이유를 말해달라고 했다. 올해 치른 열두 번 경기에서 열한 번이나 진 것을 이해할 수 없다는 표정이었다. 이기는 방법을 알고 있으면서도 패인을 다시 나에게 물어본 것은 이번 경기가 무척 아쉬웠기 때문이었을 것이다.

　"우리는 오늘 지는 줄 알았어. 그런데 수비가 잘했고, 공격은 함께 뛰어주고, 양보한 것이 승리 요인이야."

　경기에서 이길 때마다 내가 하는 말이었다.

　"우리 팀은 자리를 안 지키고, 말을 하지도 않고, 듣지도 않아서"

YB팀 수비수였던 직원은 말을 맺지 못하고 얼버무렸다.

매주 한 번 직원과 자리를 같이하고, 대화하는 방법으로 택한 것이 축구였다. 사무실에서 근무하는 직원들이기 때문에 축구는 무리라고 생각했다. 체력이나 나이를 고려할 때 나도 참가하기가 어렵다고 판단했다. 그런데도 많은 사람이 참여할 수 있는 운동으로 축구만 한 것이 없다는 것이 다수 의견이었다. 여직원까지 포함해 경기를 진행하기로 했다. 족구 할 때 구경꾼이었던 직원들도 축구장에 나타나기 시작했다.

처음엔 나오는 사람들 옷차림이나, 소속 부서에 따라 편을 갈랐다. 어릴 때 하던 동네 축구 수준을 넘지 못했다. 경기횟수가 거듭되자 경쟁심을 유발할 수 있는 분명한 상대가 필요했다. 나이 사십을 기준으로 OB팀과 YB팀으로 나누었다. 난 당연히 OB팀 주장을 맡았다.

YB팀 선수 대부분은 체력과 실력이 OB팀보다 좋았다. 젊은이로 구성된 YB팀이 번번이 우리에게 지는 이유는 팀워크 때문이었다. 언제나 기세등등하게 경기에 나서는 YB팀엔 전체를 통제하고, 지휘하는 사람이 없었다. 공을 차면서도 동료에게 도움을 청하지도, 위험을 알리지도 않았다. 실력이 출중한 사람은 공을 몰기만 하고, 옆에서 협력해야 할 사람은 쳐다보기만 하면서 손발이 전혀 맞지 않았다. 이렇게 협력 플레이가 이루어지지 않은 결과는 연속적인 패배로 나타났다. YB팀은 축구가 전체 팀원이 함께하는 운동이란 사실을 잊은 것이었다.

"우리의 작전은 양보와 패스야. 그래서 골을 나도 넣는 거라구. 우리 팀에선 내 말 안 들으면 직장생활도 괴롭잖아."

체력이 약하고 기술이 부족한 우리가 선택한 작전은 승리에 매달리지 않고 가볍게 즐기는 것뿐이었다.

북한산에 오르다

애초 함께 가기로 했던 사람이 불참을 통보해 왔다. 주초에 내린 눈과 추위 때문에 선뜻 산행에 나서기가 어려웠나 보다. 출발 장소인 구파발역까지 한 시간 정도 걸릴 것으로 예상하고 출발했는데, 삼십 분이나 늦었다. 세 번의 지하철 환승과 헷갈리는 환승 통로 때문에 시간을 많이 허비했다.

산성 매표소를 지나 대남문, 백운대로 가려 했던 코스에서 백운대로 바로 올라가기로 했다. 뺨에 닿는 공기가 차갑고, 눈에 덮인 등산로가 미끄러워 어쩔 수 없이 변경했다.

오랜만에 걷는 눈길은 뽀드득 소리를 냈다. 산은 온통 눈을 뒤집어쓰고 있었다. 디디는 발에 힘을 주며 미끄러지지 않으려 안간힘을 썼다. 장딴지와 허벅지가 금세 뻐근해졌다. 씨근벌떡 가쁜 숨을 쉴 때마다 차가운 공기가 허파로 들어왔다. 등산로에 설치된 밧줄과 나무, 바위에 몸을 의지하면서 백운대에 올랐다.

김밥 한 줄로 간단히 요기하고 대남문 쪽으로 발길을 옮겼다. 가다가 힘이 들면 아무 곳에서나 내려가기로 했다. 능선을 따라 난 등산로엔 산 아래 보다 더 많이 눈이 쌓여 있었다. 발바닥에서부터 푹신함이 올라왔다. 하얀 눈이 차갑지 않고 포근하기까지 했다.

기상청 예보대로 기온이 많이 올라간 듯했다. 양지바른 곳은 눈이 녹아 질퍽거렸다. 눈이 쌓인 아름다운 풍경 때문에 대남문까지 오는데 중간에 내려가자고 하는 사람이 없었다. 구기동으로 방향을 틀어 내려가기 시작했다. 속도를 내면서 앞선 등산객을 추월했다. 일찍 내려가서 할 일은 없었지만, 등산로가 얼어붙기 전에 가야 안전할 것이었다. 구기동 매표소에서 버스 정류장까지 길은 산과는 딴판이었다. 눈이 없는, 평상시 등산로 그대로였다. 쓰고 있던 모자와 장갑을 벗어 배낭에 넣었다. 버스 정류장 근처에 있는 식당에 들어갔다. 북한산 산행이 마무리된 것은 해가 지고, 땅거미가 밀려와 주위가 캄캄해졌을 때였다. 막걸리와 파전의 유혹을 떨치고 일어설 수 없었던 탓이다.

눈 내리는 상해

눈이 내리고 있었다. 해가 질 무렵이지만 그리 어둡지 않을 시간이었다. 내리는 눈과 낮게 드리운 구름 때문에 공항 밖은 땅거미가 짙게 깔려있었다. 가로등 불빛에 흔들리는 눈발이 몸을 움츠리게 했다. 이렇게 많은 눈이 오리라고는 예상하지 못했다. 서울보다 당연히 따뜻할 것으로 짐작하여 옷차림도 가벼웠다. 공항 밖으로 나오자, 습기를 잔뜩 머금은 공기의 한기는 몸속까지 밀고 들어 왔다.

질퍽거리는 주차장에 서 있는 버스에 올랐다. 히터를 튼지 얼마 안 되는지 버스 안은 썰렁했다. 창밖으로 보이는 길 곳곳엔 눈을 쓸어 모아놓은 무더기가 널려 있고, 가로수와 화단은 하얀 눈으로 덮여 있었다. 녹색을 띤 나뭇잎에 쌓인 눈을 보며 상해가 따뜻하다는 내 편견은 산산이 무너지고 있었다. 버스 차창에 서리는 뿌연 김을 손으로 닦아내며 바라본 창밖은 온통 내리는 눈뿐이었다.

가이드는 오십 년 만에 내리는 폭설이라고 놀라 했다. 서울을 떠나기 전, 중국에 폭설이 내렸다는 뉴스를 들었지만,

상해는 아닐 거로 생각했다. 특히 여행 지역인 항주와 소주
는 폭설과는 관련이 없는 줄 알았다. 이월에는 눈이 와도 금
방 녹기 때문에 여행하는 데 아무런 지장도 주지 않을 거라
고 믿었다.

　폭설과 한파가 중국 남동부 지역을 강타하고 있었다. 상
해에서 소주, 항주로 가는 모든 길이 폭설로 두절 되어, 상
해에서 기다리며 지내야 할 것 같다고 가이드는 걱정스럽
게 이야기했다. 첫날 상해에서 소주로 이동하고, 마지막 날
상해로 와 관광을 마치는 것이 일정이었다. 가벼운 옷차림
인 나는 빨리 호텔에 들어가 뜨거운 물에 몸을 담그고, 쉬고
싶은 생각뿐이었다. 소주로 가기로 했던 일정이 어쩔 수 없
이 변경되어 상해에서 머물기로 결정 나자, 가이드는 중국
식당으로 우리를 안내했다.

　식당 안은 몸을 녹이기에 충분하게 따뜻할 것이라는 기
대와 달리 썰렁했다. 남쪽 지방이라 난방이 제대로 갖추어
있지 않다고 가이드는 말했다. 입에 맞지 않는 중국식 샤부
샤부를 먹고 호텔로 향하는 중에도 눈은 계속 내렸다. 도로
까지 눈으로 하얗게 변했다.

　주택가에 있는 호텔 주변은 온통 흰색이었다. 아내는 과
일을 사 먹어야겠다면서 방 열쇠를 받자마자 호텔 밖으로
나갔다. 호텔 방안은 기대했던 것처럼 따뜻하지 않았다. 온
풍기 한 대가 켜져 있을 뿐이었다. 옷을 입은 채 침대 속으
로 들어갔다. 이렇게 해서라도 얼은 몸을 녹여야 했다. 감

기 기운이 남아 있던 몸은 따뜻함을 강렬히 요구하고 있었다. 한 보따리 과일을 들고 들어 온 아내는 호텔 방안이 왜 이리 썰렁하냐고 투덜댔다. 십여 분 정도 침대 속에 있던 몸이 조금씩 풀리기 시작했다. 욕실에 설치된 적외선 전등을 모두 켜 놓고, 뜨거운 물로 샤워를 하고 나서야 몸에 온기가 돌았다.

상해 여행은 추위와 싸움이었다. 내가 한동안 잊고 있던 추위였다. 진부령 스키장에 갈 때나 입었던 내복을 따뜻한 남쪽 상해에서 사서 입었다. 살 속을 파고들며 찌르는 한기 때문이었다. 어릴 때 그 춥다는 철원에서도 경험하지 못한 것이었다. 사흘 후 서울행 비행기를 타고 나서야 뼛속까지 스며들었던 한기가 빠져나가기 시작했다.

힘이 들어도 여행은 계속할 거야

매년 이월이면 가던 가족여행을 올해는 사업을 핑계로 가지 않으려고 했다. 잔뜩 벌려 놓은 새로운 일 때문에 마음이 내키지 않았다. 거기다가 모든 비용을 부담하면서까지 온 식구를 데리고 가는 일은 여간 힘든 일이 아니었다. 아들과 며느리도 우리와 함께하는 여행을 예전처럼 반기는 기색도 아니었다.

큰아들이 초등학교 입학하기 전에 다녀왔던 삼십여 년전 영월 여행이 떠올랐다. 손자가 초등학교에 입학하기 전에 같은 여행 추억을 만들어 줘야겠다는 생각이 들었다. 적당한 가격으로 아이만 데리고 갈만한 곳을 찾기 시작했다.

TV 홈쇼핑에서 소개하는 여행상품을 유심히 보던 아내는 오키나와에 가는 것이 좋겠다고 예약을 하는 것이었다. 아내가 건네준 여행 자료엔 다행스럽게도 내 일정과 겹치지 않았다.

오키나와 나하 공항에 내렸다.

"우와~"

손녀가 오키나와 땅에 첫발을 딛고 내뱉은 첫마디였다. 부리나케 두꺼운 겨울옷을 벗어 던졌다. 서울 날씨는 쌀쌀한 초봄 날씨여서 아침 비행기를 탄 우리의 옷차림은 겨울 채비였다. 손자는 반소매 티셔츠만 걸친 채 어느새 반 벌거숭이가 되어있었다.

공항 밖 날씨는 초여름 날씨였다. 햇빛은 거침없이 쏟아져 내렸다. 선글라스를 쓰지 않으면 눈이 부셔 제대로 구경하지도 못할 것 같았다. 태평양의 햇빛이 그렇게 싱싱하게 내 몸에 쏟아지는 것은 새파란 하늘 때문이 아닐까.

"미세먼지가 가득한 서울과 달라"

하늘을 보고, 마음껏 숨을 들이켜며 떠들어 대는 여행객의 말이 아니더라도 가을 하늘처럼 푸르렀다. 거기에 바람까지 상쾌했다.

요즘 동네에서 푸른 하늘 보기가 점점 어려워지고 있다. 소위 못살고 어렵던 시절에는 어디에서나 푸른 하늘과 별을 늘 볼 수 있었다. 예전엔 여기나 거기나 모두 같은 태양 아래에서 푸른 하늘을 머리에 이고 살았다. 산업화, 경제성장이 우리에게 준 혜택만큼 푸른 하늘은 우리 곁에서 멀어졌다.

우리 일행을 마중 나온 차는 대형 관광버스였다. 가이드는 바닷가로 향하는 버스 안에서 오키나와에 관한 이야기를 시작했다.

'오키나와는 현재 일본 영토이다. 인천공항에서 두 시간

비행거리에 있는 섬으로 일본 최남단의 현이다. 15세기에 류큐 왕국이 수립되어, 일본, 중국, 조선, 루손(필리핀), 샴(태국) 등 주변의 아시아 국가들과 교류했으며, 메이지 시대 일본에 강제로 복속되었다. 태평양전쟁 때인 1945년 4월, 미군이 합동 상륙작전을 감행했고, 일본군이 강력한 방어전을 벌여 삼 개월 동안 일본군 십만 명이 전사하고, 미군은 1만 2,000명 전사, 3만 6,000명이 부상하는 피해를 보았다. 종전 후, 미국이 통치하다가 1972년 일본에 반환했다.'

오키나와 현지 사람이 일본을 싫어하는 이유를 알 것 같았다. 끊임없는 침략과 태평양전쟁 당시 일본 본토의 방어벽으로 자신들과 지역이 이용당한 원한이 뼛속 깊이 새겨 있는 것이다.

푸른 하늘과 감청색 바다, 그리고 흰 모래밭이 아이를 유혹했는지, 손 쓸 틈도 없이 뛰어가 신을 신은 채 바다에 발을 담가 버리는 것이었다. 글라스 보트라는 유람선을 타라는 가이드의 말을 듣고서야 아이들은 놀이를 그쳤다.

바닷물에 젖은 아이 신발을 해를 향해 가지런히 놓았다. 산호초가 가득한 에메랄드빛 바다에 나갔다 오면 물기가 빠져 있을 것이다. 바닷가에 놓여 있는 신발이 낯설지 않았다. 삼십여 여 년 전 두 아들과 갔던 바닷가 풍경과 겹쳤다.

유람선 타고 난 아이 눈엔 자판기만 들어오는지, 음료수를 뽑아 달라고 졸라댔다. 한 번 뽑아 주면 더는 없을 줄 알았다. 자판기 천국이란 말처럼 어디를 가든 길가엔 온통 자판기 천지였다. 아이들은 자판기 앞을 지날 때마다, 색다른 자판기가 보일 때마다 사달라고 떼를 썼다. 돈이 없다는 핑계도 소용없었다.

"할아버지 거지야? 거지 아니잖아"

이런 말을 듣고 주머니 속에서 돈을 꺼내지 않을 수 없었다.

"다시는 데리고 오지 말아야지"

아내의 후회하는 혼잣말이 들려 왔다. 아이들의 밝은 모습을 보고 있는 것만으로도 행복했다.

이곳에 젊은 아버지가 아닌 할아버지로 왔다는 사실, 아이들과 씨름하는 것도 이젠 힘에 부치는 것이 서글펐다. 변한 것이 내 자신뿐이라고 해도 새로운 추억과 행복을 위해 힘이 들어도 여행은 계속할 것이다.

그 많던 싱아는 누가 다 먹었을까

　이사하면서 문학이라고 쓴 책 상자에서 '그 많던 싱아는 누가 다 먹었을까'가 눈에 띄었다. '웅진출, 92/10 4,500'이라고 표시된 스티커가 선명했다. 책 표지에 있는 테이프 자국만 없었다면 새 책이라고 해도 믿을 만했다. 이십여 년 만에 다시 집어 든 이 책은 광화문으로 근무지가 바뀌어 새로운 업무에 적응하느라 정신이 없을 때 처음 만났다. 배달되어 온 신문에서 출간 소식을 접했다. 제목에 '싱아'라는 단어를 보자마자, 시골에서 보낸 어린 시절의 아련한 추억을 되살리고, 바쁜 일상에 지쳐 있던 나를 조금이나마 위로해 줄 것이라고 기대했다.

　몇 쪽을 읽어 내려가자 예전에 읽었던 엄마의 말뚝 1, 2와 배경, 시대, 내용이 비슷했다. 엄마의 말뚝을 이해하는 데 도움을 주는 해설서 같은 느낌이었다. 강렬함은 덜 했지만, 세밀한 묘사에서 작가의 힘을 느낄 수 있었다. 한마디로 이 책은 작가의 자전적 소설, 자화상이었다.

　해방공간에서 벌어진 혼란과 6.25 전쟁, 피난살이 등 아버지, 어머니가 겪은 가슴이 아린 이야기를 많이 듣고 자랐기 때문인지 처음 읽을 때는 내 가슴이 얼얼하지 않았다. 기대했던 내용과 다르다는 실망, 진저리나는 내용을 피하고 싶은 마음 때문이었는지도 모른다.

　다시 읽은 이 책은 내 아버지, 어머니 이야기 같으면서도 내 이야기처럼 다가왔다. 첫 만남에서 느끼지 못했던 작가의 처절함이 가슴을 저리게 했다. '싱아'가 풍기는 아련함보다 작가가 표현한 것처럼 그 많던 싱아는 누군가 다 먹어버려 사라지고 삭막함만이 남아 있었다.
　'그 많던 싱아는 누가 다 먹었을까? 나는 하늘이 노래질 때까지 헛구역질하느라 그곳과 우리 고향 뒷동산을 헷갈리고 있었다.'
　가족에게 덮친 수많은 '고약한 우연'들을 증언하는 것이 '고약한 우연'들에 대한 정당한 복수라고 한 작가는 이 책을 써 내려가면서 얼마나 많이 진저리쳤을까.
　아버지, 오빠의 죽음에서 시작하여 남편, 외아들의 죽음까지 이어진 작가의 불행에 가슴이 아팠다. 신은 작가에게 탁월한 글솜씨를 준 대신 여자로서 가질 수 있는 가족의 행복을 빼앗아 간 것이 아닌지 모르겠다. 아버지 죽음으로 나타난 자식에 대한 엄마의 집착을 보고 자란 작가도 딸의 팔자는 엄마는 닮는다는 속설처럼 엄마의 불행과 묘하게 닮았다. 작가와 엄마가 겪은 이러한 불행-고약한 우연-은 작가의 죽음으로 끝을 맺은 듯하다.

작가는 출생에서 6.25 전쟁까지의 이야기를 썼다. 그의 생애에 상당한 비중을 차지하는 전쟁 이후에 관한 이야기가 없다는 것이 아쉽긴 하지만, 아들 죽음의 상처가 아물지 않았을 시기에 이 글을 썼다는 것만으로도 경의를 표한다. 아마도 작가는 엄마가 겪은 '고약한 우연'을 되새김으로써 자신의 '고약한 우연'에서 벗어나려고 발버둥 쳤을 것이다.

쓰기의 말들

잘 쓴 책을 만나면 기쁘다. 이 책도 그렇다. 저자의 이름이 특이하다. 은유[隱喩]란 저자의 필명은 문학적 개념-비유법의 하나로, 행동, 개념, 물체 등을 그와 유사한 성질을 지닌 다른 말로 대체하는 것-을 포함한 중의적 의미라고한다.

'쓰기의 말들'이란 특이한 제목도 호기심을 불러일으킨다. 첫 장을 펼치고 얼마 지나지 않아 처음부터 읽을 필요없이 손이 가는 대로 펼쳐 읽으면 그만이란 것을 알았다. 뒷부분부터 읽든, 중간부터 읽든 저자가 이야기하고자 하는의도를 쉽게 알 수 있다. 이 책의 104개 문 중 어떤 문으로들어가더라도 저자를 만난다. 깔끔한 문장과 함께 새로운 글쓰기 세상이 펼쳐있다. 저자는 글쓰기의 시작은 읽기였으며, 철학책, 시집, 평론집에 주로 손이 갔다고 했다.

난 달랐다. 내 독서 대상은 한국현대소설이었다. 중학교 3학년부터 시작된 소설 읽기는 사십 대까지 이어졌다. 소설에서 세상을 바라보는 새로운 시각이 싹텄다. 알려지지 않았던 사건과 내 관심 밖이었던 소시민의 아픔을 작품 속 인물을 통해 알게 되었다. 사십 대 중반 이후부터는 역사 관련 책을 주로 읽었다. 조선 시대와 중국 춘추전국시대 관련 책이었다. 소설과 역사 관련 책 읽기에 몰두했던 것은 문장을 수집하기 위함이 아니라 저자들이 말하고자 했던 시대정신을 찾아내고 싶기 때문이었다.

'글쓰기로 들어가는 여러 갈래 진입로가 되어주길, 각자의 글이 출구가 되어주길 바라는 마음이다.'라는 프롤로그의 마지막 문장은 이 책을 쓴 목적이 함축되어 있다. 글 쓰는 데 많은 도움을 주고 있지만, 저자의 한계도 보인다. 소설을 많이 읽지 않은 이유를 '분량 대비 건질 문장이 없다.'라고 한 것은 저자가 문장수집가의 역할에만 충실하고, 인간의 내밀한 이야기보다 일상의 느낌을 가볍게 쓰고 있다는 말로 들린다.

무라카미 하루키의 '직업으로서의 소설가'라는 책에도 유사한 내용이 있는 것을 보면, 글쓰기를 하는 사람은 문장수집가가 되어야 한다는 바람에서 강조한 것인지도 모른다. 아무튼, 좋은 글을 쓰기 위해서는 많은 글을 읽고 좋은 문장을 수집해 놓아야 한다.

하루키는 자신의 소설이 유연함과 자유로움에서 나왔고, 세밀하고 구체적인 풍부한 컬렉션, 캐비닛에 보관된 온갖 정리 안 된 디테일을 필요에 따라 조립하여 만들어졌다고 했다. 여기에 기성 작가들이 써먹지 않았을 만한 새로운 문

체와 언어를 사용한다고 덧붙였다.

　글 안 쓰는 사람이 글 쓰는 사람이 되는 기적, 자기 고통에 품위를 부여하는 글쓰기 독학자의 탄생을 기다린다는 은유의 말이 귓전을 울린다. 저자처럼 우표수집가가 우표를 모으듯 책에서 네모난 문장을 떼어내 노트에 차곡차곡 끼워 놓기만 한다고 글이 되는 것은 아니다. 정리 안 된 잡동사니를 모아 근사한 글로 만드는 기술이 필요하다. 나에겐 이것이 부족하다는 사실을 이 책은 일깨워 준다. 쓰면 쓸수록 어려운 글쓰기가 언제쯤 쉬워질까.

목마(木馬)와 숙녀(淑女)

'한 잔의 술을 마시고, 우리는 버지니아 울프의 생애와 목마를 타고 떠난 숙녀의 옷자락을 이야기한다.'

사춘기를 막 벗어날 무렵, 맑은 음색을 가진 여자 가수가 은은한 음악을 배경으로 읊조리는 이 시를 듣는 순간, 무언가 서럽고 외로우며, 알 수 없는 애달픔이 밀려왔다.

촉촉한 여자의 목소리와 애잔한 배경음악, 어둠이 만들어낸 조화 때문이었다. 여기에 더해 서구적이고, 도시적인 시구와 표현이 다른 시와는 달랐는데도 대중가수가 읊조린다는 이유로 가볍고, 통속적인 시로 생각했다.

그래서인지 박인환이라는 시인도, '목마(木馬)와 숙녀(淑女)'가 담고 있는 메시지에도 관심이 없었다.

'인생은 외롭지도 않고

그저 잡지의 표지처럼 통속하거늘

한탄할 그 무엇이 무서워서 우리는 떠나는 것일까

목마는 하늘에 있고

방울 소리는 귓전에 철렁거리는데

가을바람 소리는

내 쓰러진 술병 속에서 목메어 우는데'

    우연히 시를 해설한 책에서 다시 이 시를 만났다. 리듬이 살아 숨 쉬고 있어, 읽으면 읽을수록 맛이 난다.

    세상사 모든 게 때가 있다는 말을 실감한다. 난 오늘도 목마와 숙녀를 만난다. 촉촉한 목소리가 아닌 세월의 흔적이 고스란히 밴 목소리로 읊조린다.

달빛 아래 나비는 없다

'달빛과 나비'라는 최민자 작가의 수필은 황병기 명인의 가야금 공연을 보고 쓴 감상문이다. '황병기 선생의 가야금에서는 달빛 냄새가 난다.'라고 시작한 글은 공연 감상문으로서 색다른 접근 방법을 보인다.

'손길은 첫날밤 새신랑이 신부의 저고리 앞섶을 풀 듯, 조심스럽고도 경건하였다.'라고 무대 위에 앉아 연주하는 모습을 성(性)적인 두근거림으로 표현했다. 어디에선가 본 모습이었을까. 저자는 자신의 옷고름이 풀려 지는 짜릿함을 느꼈는지도 모른다. 음악과 성애(性愛)가 극도의 엑스터시를 준다는 것을 이미 몸으로 체득하고 있음이다.

'손놀림이 성애를 알지 못하는 신부의 관능을 지극한 사랑으로 일깨워 가는 남정네의 손길만큼이나 정성스러워 보였다'라는 글도 자신의 성적 욕망을 누군가 깨워주길 바라는 마음을 표현했을 것이다.

저자의 성적 표현은 달빛과 나비라는 과학적으로 어울릴 수 없는 조합을 만들어 냈다. 달빛에 날아다니며, 밤에 활동하는 것은 나비가 아니라 나방이다. 곤충에 관한 책을 한 번이라도 읽어 보았더라면, 쉽게 알 수 있는 사실이다. 나비와 나방을 구별하는 방법은 의외로 쉽다. 낮에 꽃을 찾아 날아다니는 것은 나비, 밤에 활동하는 것은 나방이다. 저자는 이와 같은 구별 방법을 알지 못한 듯하다. 그저 머릿속에서 그려진 대로 달빛에는 나비가 어울린다고 생각했는지도 모를 일이다. 달빛이란 음의 기운 즉 여자를, 양의 기운, 즉 남자를 유추하여 나비를 끌어냈을 것이다.

'신 새벽 호숫가, 이제 막 번데기에서 깨어난 나비가 달빛에 젖은 날개를 턴다. 조금씩, 조금씩 푸드덕거리며 서툰 날갯짓을 시작한다. 달빛 사이로, 나비가 날아오른다. 한 마리.....(중략)..하늘은 오색 날개로 눈부시고, 날갯짓 소리로 세상이 현란하다.'

새벽하늘에 있는 달이라면 그 빛도 흐릿하다. 여명과 새벽 안개 때문이다. 달빛 사이로 하늘이 오색 날개로 눈부시다니 말이 되는 소리인가. 이슬과 안개에 젖은 날개가 말라야 나비는 현란하고 눈부신 날갯짓을 한다. 강렬한 태양이 내리쬐는 대낮이 나비의 세상이다.

수필 곳곳에 등장하는 나비가 낯설지 않았다. 소설에서 본 듯한데, 누구의 작품에서 보았는지, 제목은 무엇인지 아무리 해도 기억이 나지 않았다. 읽은 지 얼마 지나지 않은 작품인데, 줄거리만 어렴풋이 떠올랐다. 사무실 책꽂이 위에 놓여 있는 한강의 '몽고반점'을 발견하고 나서야 내가 찾던 것임을 알았다. 다시 펴든 책 속에는 나비 한 마리도 나오지 않았다. 벌거벗은 몸에 그려진 커다란 꽃이 전부였고, 붉은 꽃이 그려진 몸이 합쳐진 남녀의 모습뿐이었다.

'모든 것이 완벽했다. 꿈꿔왔던 대로였다. 그녀의 몽고반점 위로 그의 붉은 꽃이 닫혔다 열리는 동작이 반복되었고, 그의 성기는 거대한 꽃술처럼 그녀의 몸속을 드나들었다. 그는 전율했다. 가장 추악하며, 동시에 가장 아름다운 이미지의 끔찍한 결합이었다.'

강렬한 이 구절 때문이었다. 내 머릿속에는 꽃과 나비가 어울리고 있는 장면으로 깊게 남았다. 화려한 붉은 꽃엔 당연히 현란하게 움직이는 나비가 날아든다고 단정했기에 착각한 것이었다.

저자는 아름다운 가야금 선율에서 달빛 아래 날아다니는 나비를 그렸을 것이다. 내가 붉은 꽃에 나비를 상상하고 있는 것처럼.

저자는 나비를 등장시켜 남자에 대한 환상을 나타내고, 자신 속에 숨어 있는 성적 욕망을 달빛에 빗대어 표현하고 있는지도 모를 일이다. 달빛과 나비가 자연에서는 어울릴 수 없는 것임을 알고 있으면서도, 남자와 여자로 대표되는 두 단어를 결합함으로써 현실에서는 이룰 수 없는 욕망을 황병기의 가야금 소리를 빗대어 나타낸 것일 수도 있다. 저자 자신의 처지와 속마음을 절절하게 이야기하고 있는 수필이 아닐까.

장(醬) 담그는 남자

아파트에서 뭐가 된다고 난리를 피냐며 아내가 막고 나섰다. 양지바르고, 바람이 잘 통해야 장(醬)이 된다는데, 아침나절에만 빛이 들고, 한쪽만 틔어 있는 오층 아파트 베란다에서 장을 띄운다는 것이 가당하기나 하냐며, 메주값만 날려버리게 되었다고 투덜대는 것이었다. 지금까지 본가에서 만든 장을 얻어먹거나 시중에 나와 있는 것을 사서 먹었을 뿐, 한 번도 우리 손으로 담가 먹지 않았다.

강화에 사는 조카가 메주를 만들어 판다는 말을 듣고, 조카의 메주를 이용해 장을 직접 담가 먹자고 한 내 말을 아내는 지나가는 말로 들었던 게 분명했다. 콩 한 말 분량의 메주가 택배로 배달되어 오고 나서야 자기가 모르는 사이 일이 벌어지고 있음을 깨달은 듯했다. 아파트 환경이 열악함을 핑계 삼은 아내의 반대에도 굴하지 않고, 아무것도 안 하고 있는 것보다 무엇이라도 하는 것이 훨씬 낫다는 것을 몸으로 실천하기로 마음먹었다. 장이 되든 안 되든 그것은 다음 문제였다. 장 담그는 방법을 메모해 두었던 노트를 찾아 거기에 자세히 기록된 장인의 가르침대로 거사를 도모하기 시작했다. 장 담그는 시기가 음력 정월 그믐이나 우수(雨水) 전후가 좋다는 것을 참고하여, 이월 마지막 날을 장 담그는 날로 정했다.

어릴 때 간장과 참기름을 넣어 비벼 먹던 밥은 꿀맛이었다. 내 자식들조차 간장 비빔밥을 맛있게 먹곤 했었다. 진한 검은 색을 띤 그 간장은 조선간장과 달리 짜지 않고, 달착지근해 입에 짝짝 달라붙었다. 건강에도 좋은 간장이라고 생각했던 그 간장이 사실은 화학적인 방법으로 추출해 낸 첨가물로 만들어진 간장 맛 나는 조미료에 불과하다는 것을 알았을 때 나는 놀랐고, 배신당한 느낌이었다. 그때부터 양조간장과 콩이 많이 들어간 된장을 찾기 위해 성분표시를 꼼꼼히 살펴보기 시작했다. 한편으로는 내 손으로 구수하고 깊은 맛을 내는 된장과 감칠맛 나는 천연 양조간장을 담가 먹기 위한 채비도 하나둘 하기 시작했다.

아파트 재활용마당에서 주어온 항아리 중 모양이 예쁘고, 상태가 온전한 것 중 하나를 골라 속을 깨끗이 닦아 낸 다음, 벌겋게 달군 숯으로 다시 한번 소독했다. 노트에 적혀진 대로 콩 한 말 분량의 메주 다섯 장, 간수를 뺀 삼년 된 천일염 오 킬로그램, 생수 이 리터짜리 열다섯 병을 준비했다. '장 담그는 물은 특별히 좋은 물을 가려 써야 장맛이 좋다'는 옛말에 따라 제주에서 생산된 먹는 샘물을 선택했다. 소금도 간수가 빠진 것을 써야 쓴맛이 없고, 장맛이 좋다는 점을 고려하여 골랐다.

소쿠리에 헝겊 보자기를 깔고 소금을 담은 후 물을 부어 큰 함지에 녹아내리도록 했다. 하룻밤이 지나자 함지 바닥에는 개펄과 같은 침전물이 가라앉아 있었다. 소금물에 옛사람들이 사용했던 방법인 계란을 띄우자 오백 원짜리 동전만큼이 물 위에 나타났다. 정월장(正月醬)에 적합한 염도가 되었다는 표시다.

메주를 세 토막으로 쪼개어 먼지와 곰팡이를 털어내고, 물로 씻어 햇볕에 말린 다음, 항아리에 벽돌 쌓듯이 채웠다. 항아리 절반 정도가 메주로 채워졌다. 하룻밤 재워 두었던 소금물의 윗물을 떠서 체에 밭쳐 항아리에 부었다. 페트병 두 병 정도 소금물만 남기고 전부 붓고 난 후, 참숯과 마른 빨간 고추를 넣고 항아리 뚜껑을 덮었다. 나흘이 지나고 나서 장이 숨 쉴 수 있도록 유리로 된 덮개로 뚜껑을 바꾼 다음, 소금물이 줄 면 그 양만큼 남겨둔 소금물로 채웠다.

시간이 날 때마다 베란다에 나가 항아리 안을 들여다 보는 나를 아내는 여전히 미덥지 않게 바라보았다. 아파트 화단 개나리가 꽃망울을 맺기 시작할 무렵, 항아리 속은 소리 소문도 없이 소금물 위를 하얀 물질이 덮으면서 변화의 조짐이 보이기 시작했다. 숯에도 하얀 것이 엉겨 붙어 마치 검은 돌 위에 흰 이끼가 자라는 듯 보였다. 그것을 본 아내는 자기가 말한 대로 장 띄우기가 실패한 모양이라고 사고 친 아이 바라보듯 눈을 흘겼다. 옛사람들은 이 현상을 '하얀 메밀꽃'이나 '바위옷'이 피었다는 말로 설명하고, 맛있게 장이 익고 있다는 징조로 생각했다는 사실을 아내는 모르고 있음이 분명했다.

　메주가 된장으로, 소금물이 간장으로 천천히 익어 가고 있음을 메밀꽃은 확실하게 보여주고 있었다. 어설픈 솜씨에도 효모를 비롯한 발효균들은 춘삼월 봄볕의 힘을 빌려 제 할 일을 다 하며, 콩 단백질을 아미노산으로 분해하고, 전분을 당분으로 바꾸고 있는 것이었다. 한편 소금물 색깔도 아미노산과 당분이 교묘하게 결합하면서 신비로운 갈색으로 변하기 시작했다. 기름 뺀 콩에 염산을 넣어 분해해 얻은 아미노산액에 수산화나트륨을 첨가해 단번에 만드는 산분해(酸分解)간장과 어떻게 비교할 수 있을까. 시간과 정성으로 만든 장에서 깊고 진한 고유의 풍미가 우러나오는 것은 너무나 당연한 일인지도 모를 일이다.

　장을 담근 지 오십여 일이 지난 사월 하순, 된장과 간장을 분리하는 장 뜨는 날로 정했다. 정월장이라 염도가 조금 낮았다는 점과 아파트 베란다 온도가 바깥보다 높다는 것을 감안해서 일주일 정도 일찍 뜨기로 한 것이다. 장 가르는 것을 보고 있던 아내가 손가락으로 푹 불은 메주를 찍어 맛을 보더니 제법 장맛이 난다며 안심하는 눈치였다. 푹 불은 메주가 부서지지 않도록 스텐 함지에 담은 후 여기에 메주 가루 한 되, 삶은 콩 한 되, 삶은 콩물을 넣어 버무렸다. 간장은 천을 대고 걸러 가며 큰 유리병에 담았다. 버무려진 된장을 김치냉장고용 용기 두 개에 담아 간장과 함께 김치냉장고에 넣었다. 숙성 여부를 쉽게 확인하기 위해 된장 일부를 꿀단지로 썼던 유리병에 담아 일반 냉장고에 두었다. 재래식 장보다 염도가 낮기 때문에 바깥 항아리가 아닌 냉장고에서 저온 상태로 숙성시켜야만 쉬지 않고 제대로 된 장이 될 수 있다는 장인의 귀띔을 따라 한 것이다.

한 달 정도 지나자 된장과 간장 표면에 다시 메밀꽃이 피기 시작했다. 차가운 냉장고 안에서 김치처럼 잘 익고 있다는 표시였다. 숟가락으로 하얗게 변한 겉을 걷어내고, 속에 있는 된장으로 진한 된장국을 만들었다. 일본 된장을 섞어 끓인 재래식 된장국처럼 짜지 않았지만, 숙성이 덜 된 탓인지 뒤끝에 신맛이 났다. 장 담그는 남자의 솜씨를 자랑하려고 했던 내 의도는 아내의 그럴 줄 알았다는 듯 실망스런 표정에 무너져 버렸다. 장을 가른 지 육 개월이 지나자 신맛이 사라지고 구수한 맛이 나기 시작했다. 예로부터 과학이 대신할 수 없는 자연이 창조한 예술품이라고 장을 찬양했던 이유와 완전히 익을 때까지 최소 1년이 걸린다는 사실을 확인한 것이다.

눈에 보이지도 않는 미생물이 물, 소금, 콩과 만나 이루어내는 자연의 경이로운 조화를 바라보는 동안, 장 담그는 일이 낯설지도 두렵지도 않은 일이 되었다. 청국장, 양조식초와 같은 낯선 발효 식품과 맞닥뜨린다 해도 쉽게 흔들리지 않고 해나갈 자신감도 생겼다. 깊은 맛과 건강을 지켜주는 천연 발효식품은 시간과 정성으로 탄생한다는 것을 알고 있기 때문이다. 사내는 바깥일만 해야 하고, 여자가 하는 집 안일에 관심을 두지 말라는 집안의 가르침에도 불구하고, 이제부터 난 장 담그는 남자로 살아갈 것이다. 양지바르고, 바람이 잘 통하는 단독주택으로 이사 온 것을 빌미로 내년 엔 장을 담그지 않을 거냐고 넌지시 묻는 아내의 압력 때문이 아니라 내가 만든 천연 양조간장과 참기름을 넣은 간장 비빔밥 옆에 구수한 된장국까지 손주들에게 마음껏 먹이고 싶기 때문이다.

(제1회 시흥시 신인문학상 우수상 수상작, 2017)

장 (醬) 담그는 남자

초판 발행일 2020년 12월 10일

지은이 **박석준**
발행인 **김미희**
펴낸이 **몽트**

출판등록 **2012.12.20 제 2014-0000-38호**

주소 **안산시 단원구 고잔로 23-12**
전화 **031-501-2322 팩스 031-501-2321**
메일 **memento33@menthebooks.com**

값15,000원
ISBN 978-89-6989-063-4 03810

www.menthebooks.com

「이 도서의 국립중앙도서관 출판예정도서목록(CIP)은 서지정보유통지원시스템 홈페이지(http://seoji.nl.go.kr)와
국가자료공동목록시스템(http://www.nl.go.kr/kolisnet)에서 이용하실 수 있습니다. (CIP제어번호 : CIP2020051586)